中公文庫

天　　　盆

王城夕紀

JN158867

中央公論新社

天盆

これは、かつてどこかにあった国での物語。
今残る、いかなる記にも残されていない国での物語。

一

陳《ちん》兵が街に攻め入ってきたと声がしたが、少勇《しょうゆう》はそれどころではなかった。借金を帳消しにできる額を賭《か》けた賭け天盆《てんぼん》に勝ちそうだったのだ。百五十手を超える大熱戦であった。盆所に、通りの騒ぎが届いてくる。少勇の熱戦を取り囲んで見ていた者がちらほら、通りを見に行く。泣きそうな顔で盆を睨《にら》んでいた小役人の越磊《えつらい》は、これ幸いと一緒に立ち上がっていこうとした。させてなるものかと少勇は、越磊の首根っこを摑《つか》んで座らせようとするが、越磊とて小役人、大金を払わずにすむならばと騒ぎに乗じて逃げようとする。盆所の奥の中庭へ陳兵が押し入ってきて、後は祭りの騒ぎである。中庭の天盆はことごとくひっくり返され、殴り合い、摑み合いの嵐が吹き荒れる。

少勇は、逃げる越磊を追って通りに出るが、通りはもはや戦《いくさ》か祭りか分からぬ様相。果たしてきちんと敵と殴り合っているのかも分からぬ乱闘の合間に見える越磊の背中を追って、少勇は駆ける。逃がしてなるものか、と夜の通りを右から左。どこぞの馬鹿が花火を上げたようで、どん、どん、と光が上がる中、人を搔《か》き分け駆ければ、前から人が飛んでくるのをかわす、陳兵へと傍《そば》にいた見知らぬ若造を蹴《け》りつける、殴られそうになるのをよけて泥溜《だ》まりに足を突っ込む、しているうちに越磊の背中を見失い、顔に傷はできるわ、着物は破れるわ、河原に降りてぜいぜいと腰を下ろす。

河に月光が映っている。対岸の北街《ほくがい》からも騒ぎが風に乗って聞こえてくる。河原にひっくり返って倒れている男がいた。無事かと聞けば、陳兵を投げたら腰を抜かした、と返ってくる。馴染《なじ》みの大工だった。

「お前の嫁を見たぞ」

「どこでだ」

「お前の嫁は相変わらずいい女だな」

「おい、どこでだ」

「謁者橋《えつしゃばし》だ。役所へ出前と言っていた」

二

「俺が先だ」三人の陣兵のうち、最も大きな男が言う。

謁者橋のたもとの河原、三人の陣兵が囲んでいるのは、一人の女である。

自分をねめつけてくる隣国の兵を、切れ長の目で見返している。気づかれぬように、ふう、と息を吐く。まったく男は、と呟《つぶや》くと、目をさらに細めて横目に陣兵を見遣《みや》った。

「いやだわ。私そっちの人がいい」と、女は後《おく》れ毛《げ》をなおしながら一番背の低い陣兵を指差す。指差された陣兵は喜び、残り二人が憮然《ぶぜん》となる。手前《てめえ》調子に乗るな、と内輪揉《も》めを始めると、橋の上から、集合だ、早くしろ、と声がかかる。

見上げれば、兜《かぶと》を被《かぶ》り槍《やり》を携《たずさ》えた陣兵が欄干《らんかん》から手招きしている。畜生、と声を残しながら三人の陣兵が去っていくと、呼びかけた陣兵は女のところへと河原を降りてくる。兜を脱げば少勇《しょうゆう》であった。

「おい、子供たちは大丈夫か？」

「私の心配はどうした」と、静《せい》が腰に手を当てて言う。

「無事か、静」

「助けるなら、もっと勇ましく助けられないの」静は口を少し尖《とが》らせる。

「残念だが、人には人の天分がある」

よくこんな臭いものを被っていられる、と少勇は兜を放り捨てる。ぽたん、と水面に波が広がる。

「暴れ好きな客がいたから大丈夫と思うけど。一龍《いちりゅう》もいたし。でも、早く戻らないと」

帷子《かたびら》を脱ぎ捨てた少勇に、静は懐《ふところ》から包みを取り出す。

「士花《しいか》の薬を買いに寄っていたら遅くなってしまって。発作が起きたの」

「よく金があったな」

「ちっとは稼《かせ》いできてよ」

少勇は思い出して地団太を踏む。「今日稼げる予定だったんだが、くそ、見失った」

「どうせ賭け天盆でしょう」

「どう稼ごうが、金は金ではないか」

言いながら、少勇は河原を登ろうとしたが、静は立ち止まったまま。どうした、と振り返る少勇に、聞こえない？　と静。二人でしばし、夜の河原に耳を澄ます。

赤子《あかご》の声だ。

少勇と静は声の元を捜して、辺りを見渡す。果たして、橋の下の闇に目を凝《こ》らすと、粗末な布にくるまれた赤子が捨て置いてあった。

静が近づいて橋の下へと屈《かが》んで見れば、目を開けて、小さな手を握ったり開いたりしている。橋の裏に反射する河の月明かりを摑もうとしているようだった。誰が捨て置いたか分からないが、このままここにあれば、朝までもたぬであろう。

赤子は、揺れ惑うまばゆい光を摑もうと、手を伸ばして戯《たわむ》れている。

少勇が静の後ろから、赤子を覗《のぞ》き込む。

どうする、と静は聞く。

少勇は赤子の頰を指でなでると、立ち上がって頭を掻く。静を見て、こう言った。

「いまさら一人増えたところで、変わりゃあしない」

少勇は、笑っていた。

おお、と橋や土手から声が上がる。

少勇と静は、声につられて空を見上げる。

天に、大きな箒星《ほうきぼし》が、青白い尾を引いて流れ去るところであった。

三

凡天《ぼんてん》と名づけられた赤子は、十二人の兄と姉の下ですくすくと育った。五人の兄、七人の姉は、上から順に名に一から数字がつけられていた。面倒だと、少勇《しょうゆう》が天盆にちなんだのである。天盆の升目《ますめ》の数え方にちなみ、十一番目には「士」の字が、十二番目には「王」の字が与えられた。ところが天盆は縦十二横十二ゆえ、十三番目に与える字がなく、少勇は前夜の越磊《えつらい》への怒り余って、凡手の凡の字を与えたのであった。

少勇は大工であった。腕はよかったが時勢柄現場も少なく、もっぱら盆所で賭け天盆に勤《いそ》しんでいた。では生計をいかに立てていたかといえば、静《せい》が年長の子らと共に食堂を切り盛りして日々の糊口《ここう》を凌《しの》いでいたのであった。凡天は、食堂に集い来る庶民徒党の笑い声怒声を子守唄に育った。

「久方振りの陣攻《ちんこう》にしても、これだけ攻められ放題とは」

「戦好きは、我らの専売特許というのに。白翁《はくおう》と十二将が天で嘆いておられるわ」

「もともと武人に拓《ひら》かれた国だという誇りを失っておる」

「最近の若い衆は軟弱すぎる。もっと野蛮なくらいがちょうどええんじゃ」

応応、と常連の爺《じじい》共が杯を合わせる音が、八卓ほどの食堂に響く。そこへ三鈴《さんりん》、四鈴《しーりん》、五鈴《ごりん》の三姉妹が麺を運ぶ。いずれも年頃の娘であるが、姿かたちはまるで違う。残念ながら見目に恵まれていないところだけが見事に共通している。が、本人たちはまるで頓着《とんちゃく》しておらず、愛嬌溢《あいきょうあふ》れる口ぶりで爺共に話しかける。

「家の甕《かめ》にでも隠れていたくせに」と小柄な三鈴。

「老い先短いんだから先陣切って最後の役に立ちなさいよ」と細長い四鈴。

「ダメよ。この百楽門食堂《ひゃくらくもんしょくどう》になけなしのお金ぜんぶ吐き出してからじゃないと」とまるまる太った五鈴。言い終えて、三姉妹はからからと快活に笑う。一緒に、言われた爺共もひいひいと笑い転げる。

外を、騒ぎが通り過ぎた。血気盛んな者達が人を集めながら北街《ほくがい》に繋がる橋へと向かっているのであろう。陳攻を退《しりぞ》けて以来、毎日のように見られる光景であった。

「都への復興費工面の陳情は、またなしのつぶてか」爺が麺を啜《すす》る。

「いつものことよ。陳との境にあるこの東塞《とうさい》で工面せよと。蓋《がい》の国の東端で陳の矢面に立つ我らにその言い種《ぐさ》よ」

「せめて東塞が一丸となるべきじゃのに、北街の商人やら小役人はまた南街《なんがい》を踏み台にして、北街の復興を優先する始末じゃ」

そんな爺談議の隣の卓で、二日酔いの少勇が突っ伏している。おかっぱ頭の少女九玲《きゅうれい》が水を置く。水を飲む少勇を、九玲の背中でぐらぐら揺れながら凡天が興味深そうに見ている。

「あれが件《くだん》の赤子か」

戻っていく九玲の背中を見ながら、爺の一人が少勇に話しかける。少勇は答えず、碌《ろく》に目も開けずに水を飲んでいる。

「全く、子を働かせておいて主《あるじ》は夜通し賭け天盆か」

「借金の取り立ても容赦ないというに。三軒隣の魚屋は一族みな奉公に出て散り散りじゃ」

「油断すればすぐに同じ末路よ」

「お主のところは子も多いのに、主《あるじ》が働きもせず、育てもせず、この有様ではな」

「育てなどおらぬ」と、次々喋《しゃべ》る爺に頭痛で顔をしかめながら少勇が応《こた》える。「いっしょに飯食っているだけだ」

「では儂《わし》らも家族か」

「そういうことだ。ついてはどうだ。家族のよしみで金を」

「断る」

がははは、と爺共の笑い声がまた上がると、店の外から、大漁大漁と賑《にぎ》やかな声を上げながら、帷子《かたびら》のお化けが二匹入ってくる。お化けがどさりと帷子を地面に落とすと、果たして七角《しちかく》と八角《はっかく》の兄弟であった。その二つの坊主頭には、さらに兜《かぶと》がある。腕には籠手《こて》。

「少勇、街の東でまた見つけたぞ」

「歓楽街の河沿いにはまだあるぜきっと」

身に纏《まと》ったものを次々に地面に脱ぎ捨てながら、嬉しそうに報告する歯欠けの坊主二人は泥まみれで異様な臭いを放っている。爺共は鼻をつまみながら、地面の泥だらけの戦利品をいぶかしむ目つきで見遣る。

「陳の遺留品を買う奴などおるのか」

「闇市に流せば、陳のものとは分からぬ逸品になって北街の武家の蔵に収まるだろうさ」

少勇が卓から顔を上げずに言う。

「いくら闇市でも好んでは買い取るまい。目をつけられたら終わりじゃからな」

「足元を見られて二束三文がオチよ」

爺は鼻で笑うが、突っ伏したままの少勇の様子に、は、と思い至る。

「お前、六麗《ろくれい》に売りに行かせるのか」

「商《あきな》いに長《た》けた娘は持つものだ」

「あれは商いの才とは言わん」

「商人に好かれ、商談をまとめるは商いの才だ」

爺共は呆《あき》れる。あれは娼婦の才だろうが、とはさすがに口に出さない。静《せい》も三姉妹も奥にいる。その時、外で罵声《ばせい》が轟《とどろ》いた。いくつかの悲鳴と、とっくみ合うような噪音《そうおん》が続く。かと思うと、店の中に男が吹っ飛んできた。男は卓に激しくぶつかり、その上にあった麺は盛大に飛び散った。男はなおも止まらずごろごろと地面を転がり、泥だらけの防具へ激しくぶつかって、泥が食堂中に撒《ま》き散らされる。男が防具に埋もれてがくりと意識を失うと、入口から、別の男が入ってきた。まだ少年が終わりかけているほどの年頃なのに、惚《ほ》れ惚《ぼ》れするような体軀《たいく》であった。への字に結んでいた口を開き、少勇に告げる。

「千獄《せんごく》の使いだそうだ。士花《しいか》に手を上げようとしやがった」

その肩には、小さな女の子がいた。ぼさぼさの赤茶髪の女の子は、吊り上がった目で、担《かつ》ぐ少年以上のへの字口で、小さな手足をばたばたとさせている。まるで倒れている男に飛びかからんとする鼻息である。

「一龍《いちりゅう》兄、下ろしてよ」士花は一龍の頭をびちびちとはたく。一龍はおいおい、と落ちそうになる士花を両手で支える。

嵐の去った食堂にいたのは、泥まみれになった爺共であった。麺は、地面で新しい泥料理と化している。あまりの出来事にしばらく目を白黒させていたが、ようやく、爺共が口を開く。

「ここは食堂じゃろうが」

「なんちゅう野蛮な」

「親のしつけがなっておらん」

彼らが非難の目を向ければ、少勇は、卓に伏したまま寝ていた。

四

季節がひと回りし、またひと回りするにつれ、街はそれでも以前のように平静を取り戻していった。

ところが、季節がもうひと回りした夏の頃、家族の中で不思議なことが起こるようになった。

食堂の裏の家の中で、よく物が動くのである。ここに置いておいた茶碗はどこに行った、と誰かが言い出す。誰も知らない。ところが、しばらくすると他の茶碗と同じところで見つかる。またある時、ここにあった筆はどこだ、と誰かが言う。誰も知らない。しかしやはり、他の筆と一緒のところにある。

「なんか、すっきりしてない？　最近家が」三鈴《さんりん》、四鈴《しーりん》、五鈴《ごりん》が声を揃えて言う。

下手人に気づいたのは、九玲《きゅうれい》だった。九玲は優しい女の子で、凡天《ぼんてん》の面倒を一番よく見ていた。九玲は、凡天が誰かの脱ぎ捨てた着物の帯を他の帯のところへ引きずっているのを見たのである。

「整理整頓好きの童《わらべ》とは小生意気だな」

少勇《しょうゆう》は呆れて言った。じゃあ片付けは凡天にさせよう、と七角《しちかく》と八角《はっかく》は面白がって物を放置したままにすれば、凡天は神妙にまた楽しそうに、ままならぬ四肢で運ぶのであった。

ただ、それだけでは済まなかった。

「ここに置いていた花瓶はどこ？」静《せい》が腰に手を当てて言う。

「俺の独楽《こま》がない」「いや俺の独楽がない」「馬鹿言え。俺の独楽だ」「俺のだ阿呆」と七角八角が騒ぐ。

「手毬《てまり》がなくなったあ」と士花《しいか》が泣き散らす。

凡天は、小物に飽き足らなくなると、次第に少し大きな物まで、人の目を盗んで動かすようになっていた。ひとつしかない物は、勝手に動くとどこにあるのかが分からなくなる。凡天を詰問《きつもん》してもつぶらな瞳で見返してくるばかりであるから、しばらく他の兄妹も巻き込みながら探すと、家の中のまるで違った場所に置かれている。花瓶は家の入口から厠《かわや》に。独楽は小棚の上から床板の下に。手毬は花瓶の中に。なぜそんなところに、という場所から見つかるのである。

困り果てた挙句に見つかった物を憤懣《ふんまん》やるかたなしの形相《ぎょうそう》で元の場所に戻そうとする兄妹を、しかし止める者がいた。

「その場所の方がいい」

そう言ったのは、末の妹王雪《おうせつ》であった。凡天より三つだけ年上の末妹は、盲目だった。いつも家でじっとしていて大層大人しかったが、その滝のようにまっすぐに長い黒髪をまとった子に兄妹は一目も二目も置いていた。

「王雪が言うなら、そうしよう」

七角八角は普段は見せぬ従順さで、王雪の言に従い、独楽で遊んでも床板の下に戻すようになった。すると、また季節がひとつ移る頃であろうか、独楽がもうひとつ増えたのである。実のところは単に河原で拾っただけなのであるが、七角八角は顔を見合わせた。

「やっぱり王雪の言うことは正しい」

その七角と八角が、食堂の裏、家の中庭で天盆を睨みつけている。同い年のこの二人の男児は双子のようにいつも行動を共にし、いつも諍《いさか》いあっていた。

少勇の家訓は、「諍いの白黒は天盆でつけるべし」であった。ことあるごとに兄妹は家の中で天盆を挟んだ。見届け人は、たいていその傍《かたわ》らで転がっている凡天であった。

「同い年なのに、なぜお前が『七』角なのだ」

七角という名を争って、七角八角は天盆を挟んでいた。七角と八角の名は、これまで何度も入れ替わっていた。支障がなかったのは、たいがいにおいて二人一緒に呼ばれるからである。さて勝負はといえば、歳も同じ、負けん気の強さも同じ、そそっかしさも同じ、盆上の勝負は一人が失手をすればもう一人が失手を返す、互いに一歩も譲らぬ接戦であった。

「早く指せ。降参か」

「うるさい。神手《しんしゅ》は時が指すのだ」

失手に次ぐ失手でもはや泥沼と化した盆上を二人が睨む。そこへ二秀《にしゅう》が「借金取りだ」と二人を呼びに来て、盆を見ると「これは乱戦だな」と苦笑いする。二秀と七角八角は他の子に合流し、食堂で空腹貧困病弱の愁嘆《しゅうたん》を演じると、借金取りは客の罵声に押し出されるように退散していく。

やれやれと裏手に戻り、いざ決着をと二人天盆を挟んで座り直す。しばらく二人盆上を睨んでいると、「ん？」と七角が声を上げる。

「一手進んでないか」

「三九麒麟《きりん》なんて俺は打っておらん」

怪訝《けげん》な二人に、二秀が覗き込む。

「この手は、八角が見つけたのか」

「見つけておらん」

「では誰だ」

「誰と言うても分からんわ。ここにおったは凡天くらいじゃ」

「打っておらんなら戻せ」と言う七角に、八角はしばし盆上を眺めると、「いやじゃ。俺の手はこれじゃ」と言う。わあわあと言い合いが始まる。

二秀は、傍らでぱたぱたと小筆を運ぶ凡天を見遣る。

五

「よいか。天盆とは、この蓋《がい》の国固有の盤戯《ばんぎ》である。分かるか」

三歳になった凡天《ぼんてん》は、あーと二秀《にしゅう》に答える。二秀が先日の話を告げると、少勇《しょうゆう》は「そりゃいい。あいつもお前くらい天盆に通じれば、出世できるかもしれんぞ」と天盆教授を二秀に申し付けたのであった。

「なんで僕まで」と凡天の隣で十偉《じい》が歯の抜けたところを指でかきながら言う。

「蓋に生まれたなら、天盆をできなくては立身できぬぞ」

二秀はそう言うと、木製の盆を置いた。平たい真四角の盆である。縁が盛り上がっていて、その中に縦横の直線が彫られている。その直線によって、盆の上に十二×十二の升目が広がっていた。

「本来の天盆は、黒曜石《こくようせき》という石でできているのだ」まあ、お前たちも一度くらいは見る機会があるかもしれぬな、と傍らの布袋を手に取る。

盆の上に、布袋から四角い駒をばらばらと出した二秀が、そのうちひとつを二本の指で美しい所作でつまみ上げる。駒も木製で、平たい真四角をしていた。二秀の細い指に挟まれて、そこには文字が刻まれているのが見える。

「帝《てい》。この駒を取られたら、負けだ」

ぱち、と帝を盆に置く。続いてほかの駒をひとつずつ、将《しょう》、臣《しん》、白師《はくし》、黒師《こくし》、卜者《ぼくしゃ》、弓《きゅう》、馬《ば》、衆《しゅう》、麒麟《きりん》、獅子《しし》、鳳凰《ほうおう》、と並べていく。

「ほかのこれらの駒で、相手の帝を獲りに行く」

駒を並べ終えて、「最初はこのように並べて始めるのだ」と十偉に反対側を並べさせる。凡天はうーうーと嬉しそうに眺めている。十二段のうち、一段目から四段目までに二秀の駒が、九段から王段までに十偉の駒が正反対に並び揃った。

「まず、礼をする」

お願いします、と二秀は頭を下げる。十偉も慌てて、真似をする。その横でさらに真似する凡天が頭を床にぶつける。

「これらの駒はそれぞれ違う動き方をする。たとえば衆は前に一つしか動けん」と、二秀は四四の衆を、四五に動かす。「やってみろ」と言われ、十偉は九九の衆を九八に進める。

「これが一番弱い駒なの?」と問う十偉に、弱い強いではない、と二秀は答える。それぞれの駒にそれぞれの働きがある。「すべての駒に意味がある。古くからある天盆の格言だ」

ひとつひとつ駒の動きを教えながら、二秀と十偉は交互に駒を進める。己の駒で、敵の駒を取ることができる。敵陣に入ったら駒を裏返すのだ、成《なり》といって、駒の動きが変わるのだな。その都度二秀がそう実地で示してゆくのを、十偉は眉《まゆ》をひそめながら真似てみる。

その繰り返しで盆上はたどたどと進んでいく。

二秀が、十偉から取って脇に置いておいた麒麟の駒を、盆上に打ち込んだ。

「ずるい。その駒もう外に出たじゃないか」十偉が口を尖《とが》らせる。

「天盆では、相手から取った駒をまた使うことができるのだ」

ずるい、と恨《うら》めしそうに繰り返す十偉を、二秀が諭《さと》す。「あらゆる駒がまた、何度でも、盆上に蘇《よみがえ》ることができる。すべての駒に意味があるということだ」

納得できないように顔をしかめる十偉は、お返しとばかりに己が取った駒を盆上に打ち込んでみるが、あっさりと二秀に取られた。あっという間に、十偉の帝が動く場所がなくなる。

「これで詰《つ》みだ」

十偉が顔をしかめて帝を動かそうとすると、「そこには獅子が効いている」と二秀は動かして見せる。十偉はますます眉間《みけん》を皺《しわ》だらけにする。

「よいか、十偉、凡天。天盆において最も大事なことは、負けたら『参りました』と相手にはっきりと言うことだ」

言ってごらん、と促されると、十偉は目を丸くして、「練習じゃないの」と文句を垂れる。

「練習でも、負けたら言うのだ」二秀はにべもない。「天盆は礼を重んじる盤戯だ。負けたら潔《いさぎよ》く宣言する。それが蓋の国の人間の凜然《りんぜん》であり義勇《ぎゆう》なのだ。分かるか」

分からん、と十偉は口を歪《ゆが》める。二秀は座したまま十偉が参りましたと言うのを待っていたが、やがて横から「まいりました」と凡天が嬉しそうに言った。両手を叩いて、ばんばんと足を踏みならしている。

「お前、なんで嬉しそうに参りましたって言ってるんだよ」十偉は嬉々としている凡天に呆れる。

まいりました、まいりました、と連呼する凡天に、うるさいうるさい、と口を塞《ふさ》ごうとする十偉を面白そうに見ていた二秀であったが、ふと、

「そう言えば、凡天が言葉を話すのを聞いたことがあったかな」

十偉はその言葉に手を止めて、二秀と見合う。楽しそうな凡天を見て、十偉は鼻白んだように、呟く。

「初めて喋った言葉が『参りました』って、お前」

六

それから、十偉《じい》と凡天《ぼんてん》の対局の音が、毎日鳴るようになった。十偉は六歳離れた凡天に面白いように勝てるのが嬉しく、ご飯がすめば凡天を天盆の前に引っ張っていく。ところ

が凡天も嫌ではないらしく、毎日毎日、幾度となく負けるのにもかかわらず楽しそうに駒を鳴らしている。

「十偉、凡天はまだ小さいんだから勝たせてあげてよ」と九玲《きゅうれい》が言うと、「天盆に歳は関係ないもん、な、二秀《にしゅう》兄」と十偉は意に介さない。それどころかあまりに凡天相手に楽勝が続くゆえに「もう二秀兄より強くなったのでは」と思い込んでは二秀に挑《いど》み、一局で完膚《かんぷ》なきまでに敗北して、半泣きになりながら凡天を探す、ということもしばしばであった。

「衆《しゅう》ひとつ持ってたって、もう無理だぜ」凡天相手に、また十偉は威勢づく。

「すべてのこまにいみがある」凡天はかたことに言う。

「言葉だけ覚えてたって勝てるもんか。衆なんて価値ない、突き捨てるだけの駒さ」十偉は意気揚々と指し進める。

ところが季節がふたつほど過ぎた頃、十偉が急に天盆をやめた。

二秀が聞いても機嫌が悪そうにただ「天盆は嫌いだ」と答えるだけ。が、二秀の裾《すそ》を引っ張る者がいた。王雪《おうせつ》である。

「十偉は凡天に勝てなくなったのよ」王雪は目を閉じたまま笑《え》んでいる。

「まさか」

「本当よ。この前、盆をひっくり返していたもの」

盆を確かめると、なるほど端に小さな傷がついている。あれほど楽しそうだった十偉を叱りつけるのもどことなく忍びなく、二秀は思案の末、九玲を呼び出した。

「凡天と天盆を一局交えてみて欲しい」

九玲は玉のような笑顔で承諾したが、あくる日、玉のような笑顔で二秀のところへ来た。

「あっという間に負けてしまいました」

まことか、と驚いた二秀が確認すると「凡天はすごく楽しそうに天盆を打つのです」と嬉しそうにころころと笑った。

ならばと、食堂の厨房《ちゅうぼう》からくすねた肉汁を啜っている七角《しちかく》と八角《はっかく》を二秀はつかまえる。

凡天を天盆で負かしたら菓子をやろう、と。

「兄者《あにじゃ》、請《う》け負《お》ったぜ」

「あんな小僧に負けるはずないだろう」

「あんな餓鬼《がき》に負けるなんて十偉もまだ餓鬼だな」

二秀は、昔の三九麒麟を思い出す。

「偶然だろ」

「偶然だろ」

七角と八角は声を揃えて言う。

「ま、偶然かな」

二秀もそう呟く。

あくる日、七角と八角は帰ってきた二秀を待っていた。

「勝ったぜ」

「楽勝だったな」

「お前はけっこう接戦だった」

「お前こそ際《きわ》どかった」

「今日も打っていいのか?」

「今日も勝ったらまた菓子くれるのか?」

「勝ち続けている限りは」

二秀は、請け負った。

「やったぜ。これで、一生菓子に困らねえ」

だが、二人が菓子を二秀から貰《もら》えたのは、ひと月だけであった。はじめに八角が敗れ、ほどなく七角も敗れた。菓子の褒美《ほうび》がなくなっても、負けず嫌いの二人はむきになって勝負を繰り返した。

季節がひと回りする頃には、二人はほとんど負けるようになってしまった。

七

「六麗《ろくれい》、久方振りに天盆をしてみないか」

二秀《にしゅう》は、雨上がりの中庭を眺めている六麗に声をかける。六麗は長い黒髪を肩にかけたまま振り返る。はらはらと、肩から髪がこぼれる。

「二秀兄。あたしはもう二秀兄には勝てませぬよ」

小さく口元だけで六麗は笑う。

「違う。凡天《ぼんてん》と対局してみて欲しいのだ」

六麗は目を丸くした後、思い当たるように今度は目を細めた。

「七角《しちかく》と八角《はっかく》も負かしたとか」

二秀は頷《うなず》く。

「一龍《いちりゅう》兄を除けば、君が最も強い」

「天盆士《てんぼんし》を目指す二秀兄を除けば」

六麗は雲間からもれる日を見上げる。

「いつ奉公に出るかもしれない身、家にいるうちに末っ子と戯れておこうかな」

こうして六麗と凡天は、天盆を挟んで座る。脇には、二秀と士花《しいか》。士花は、このところ凡天が天盆を打っているのをいつも傍で見ている。病を持つ体なのにじっとしていることのない士花にしては珍しく、凡天の対局は飽かず眺めている。

「士花はまだ天盆は分からぬだろう」

「分からないけど、凡天が面白いんだもん」ぷっくりした頬を膨《ふく》らませた士花が、欠けた歯を見せながら笑う。

お願いします、と両者頭を下げ、凡天が先手を指す。六麗は、終始微笑みを浮かべながら、凡天が指すとすぐに次の手を指す。早指しなのに、優雅である。凡天も、考えているのかいないのか、次々とぺちぺち駒を動かしていく。勝負をしているというより、純然と駒を動かすのが楽しいという風情《ふぜい》である。

二秀は初めて凡天の対局を見たが、まっとうな指しまわしに感心していた。教えてもいないのに、定跡《じょうせき》を自然に指している。七角や八角ではまずやらぬような、序盤で帝の囲いをつくり置く手筋も当たり前のように出てくる。なるほどこれでは弟妹では歯が立たぬかもしれぬ、それにしてもこの歳でここまでの指し手ができるとは、と懐手《ふところで》をしてひとりごちていた矢先。

中盤にさしかかるかかからぬか、六麗が定跡を逸脱する手を置いた。凡天から取って持ち駒としていた馬を、凡天陣深くに打ち込んだのである。

えげつないことをする。

二秀は内心、肝《きも》を冷やす。この手、受けを誤れば凡天陣は堰《せき》を切ったように食い荒らされる攻め手だ。二秀は、六麗が己にはない大胆さをもち、時折こうした奇手を放つことを知っていた。六麗は、年端《としは》もいかない凡天を試しているのである。さすがに商人たちを手玉にとる妹だと二秀は目を細める。

さて、どうする凡天。と凡天を見れば、打ち込まれた馬をしばし凝視していたかと思いきや、そこから目を盆全体へと転じ、何もなかったかのように敵陣へと衆を進めた。

受けぬのか。というより、攻め合うつもりか。

六麗も意表をつかれて口をすぼめるが、すぐに微笑みが、前よりも少し大きく戻る。

そこから、中盤はなく終盤に一気に雪崩《なだ》れ込む盆面となった。もはやどちらが先に帝を仕留めるか、の攻め合いである。六麗も凡天も、誤ることなど気にせぬようにぽんぽんと手を重ねていく。勝敗を分かつ刃上の手をこともなく指し合う。

六麗が敵陣で成った成鳳凰《なりほうおう》を、凡天の帝の喉元につきつける。次手が六麗に渡れば、詰《つ》みとなる。必死である。

凡天は、この手番から間断なく帝を攻める帝首《ていしゅ》を続けて詰ませることができなければ、負けだ。凡天の手が、止まった。

駒が入り乱れた難しい盆面。二秀は沈黙していた。

凡天の勝ち筋が、あったからである。だが凡天がそれに気づくか。二秀は見ていた。

七角や八角では気づかぬだろう。六麗が気づいているかも分からぬほどの詰め手筋だ。

やがて凡天は、持ち駒の卜者《ぼくしゃ》を、六麗陣深くに打ち込んだ。

二秀が読んだ勝ち筋の手であった。

「参りました」

六麗は頭を下げた。ああ、久方振りにこの言葉を使ったわ、とさっぱりと言う。

「あの子、面白い子ね。士花が好きになるのも分かるわ」

夕刻、凡天が寝ついた後、六麗は二秀にそう話した。

「君も凡天が気に入ったか」

「あたし、別に天盆好きじゃないのよ。女が天盆覚えても得にならないし」

六麗は、でもね、と続けた。

「天盆を打っていて楽しいと思ったのは初めてだったわ」

あの子と打っていると、なんだか自由な感じがしたの。

六麗は月を見上げて、嬉しそうにそう呟いた。

「あとは三姉妹か」二秀は、ひとりごちた。

「あら面白そう」

「嫌よ面倒だもの」

「じゃあ、三人一緒だったらどう?」

食堂を静《せい》と切り盛りする三鈴《さんりん》、四鈴《しーりん》、五鈴《ごりん》の同い年三人姉妹は、そう答えた。三対一か、と思ったものの、それも面白かろうと二秀は、休憩中の三人を天盆にかじりついている凡天のもとへ連れていく。

「この臣《しん》、取ってしまいましょうよ」

「嫌よ取ったら相手の思うつぼよ」

「じゃあ、こっちをこう攻めたらどうかしら」

「ふふん、そんな帝首効くわけないわ」

「ちょっと何この手、厳しいわね、帝危ないじゃないの」

「じゃあ、こちらに逃げてみましょうよ」

かしましい三対一の天盆は、やはり最後もかしましく終わった。

「参りました」

「参りました」

「参りました」

かくして凡天は、二秀と天盆を挟むこととなったのである。

八

凡天《ぼんてん》と二秀《にしゅう》の対局は、春の晴れた日のことであった。

天盆に正対して座した二秀は、背筋がすうっと伸び、折り目正しくそこにあった。駒を並べる所作はやさしく、あくまで穏やかであった。いつもと違う、と士花《しいか》は端《はた》で見惚《みと》れて足をばたつかせる。

凡天の先手で始まった対局は、ぺちぺちという凡天の指し音と、春の空気に響き渡る二秀の鋭い指し音が、穏やかな風に乗って繰り返され、さながら音楽のようだと食堂の客も耳を澄ませた。凡天の間断ない指し手に対して、二秀は受け止めるように駒を進める。

中盤までゆっくりとした流れで運んだ。凡天が痺《しび》れを切らすように繰り出す攻め手も、そう焦るなとでも言うように二秀は悠然と捌《さば》き、盆上の流れをたゆとうままに留めた。その流れがあるかなきかほどに緩《ゆる》やかになり、池のように澱《よど》み始めたかと思われた頃、その緩みへと二秀は急手を放つ。そこからは一気呵成《いっきかせい》であった。凡天は急に濁流となった流れに驚きながらも凌《しの》いでゆく。しかし一度流れ始めた濁流は止めがたかった。

二秀が黒師《こくし》を己の獅子の頭上に打つ。凡天の帝の向かいに、黒師が迫っている格好だ。

凡天はすぐ次の手を打とうと手を上げるが、その手が止まった。じっと盆上を睨んだまま動かない。

「これは、天槍《てんそう》という」

二秀が、春風のような声で告げる。

「この形になれば、受ける手なし、逃れる手もなし。長き天盆の歴史で、多くの天盆士の命を奪ってきた、絶対必刺《ぜったいひっし》の天の槍。そう呼ばれている陣形だ。古来有名な型ゆえ、知る者はそうさせないように指し合うが、お前は見るのが初めてだろう」

凡天は二秀を見上げる。その目は、あにはからんや輝いていた。

「天盆には、ほかにも多くの定跡《じょうせき》がある。長い歴史の中で無数に繰り広げられた天盆が生み出してきた叡智《えいち》だ。知りたいか」

二秀がそう問うと、凡天の目はいよいよ輝いた。

「では、その前に言うことがあろう」

凡天は、姿勢を正す。

「参りました」

春の日に、その声が響いた。

「久しぶりだな、凡天の参りましたを聞いたのは」

食堂で客と話していた少勇《しょうゆう》が二秀に声をかける。

「どうだ、凡天は」

「受けきるのがなかなかに大変でした」二秀は茶を飲みながら言う。
春の日が暮れるまで、凡天は盆上で一人天槍と対峙《たいじ》していた。

九

二秀《にしゅう》に与えられた定跡本に凡天《ぼんてん》は熱中した。本に書かれた文字を兄姉に聞いては、日がな一日本とにらめっこをしていた。九玲《きゅうれい》はこれ幸いと凡天に文字を教えた。ところが凡天は本を読むのに十分な文字を覚えると、必要がなくなったとばかりにまた本から目を上げなくなったが、九玲の方が一枚上手《うわて》、他の手引き本を二秀に借りた時に読めなくてもよいのか、と凡天を勉強に向かわせたのであった。

二秀がいない時は本に夢中、二秀がいれば凡天は対局を挑んだ。凡天は負け続けた。二秀が出かければ凡天はその対局をまた最初から並べ直して、一人天盆から離れずにいるものだから、盆に頭を載せたまま寝てしまい、額に「馬《ば》」と刻印されて七角八角《しちかくはっかく》に笑われることもしばしばであった。

季節が巡《めぐ》るのにも頓着せず、凡天は天盆に向かい続けた。凡天が頓着せずとも、季節は巡り、回った。己が大きくなるのにさえ頓着していなかったかもしれない。それでも、凡天も少しずつ年相応の童《わらべ》へとなっていったのであった。

二秀との初対局から、二度目の春も終わった夏のある日のこと。

ぱりん、と食堂で音がする。

裏の家にまで響く野太い声がする。

九玲が小さな声で「また来た」と体を強張《こわば》らせる。その声は震えていた。食堂にいたのだが、静《せい》に言われて逃げるように家に飛び込んできて箪笥《たんす》の陰に隠れると、食堂から声がするたびにびくっと体を震わせている。十偉《じい》も、隣で泣きそうになっている。六麗《ろくれい》が「すぐに帰るよ」と二人の肩を叩く。九玲は六麗の上衣の裾を強く握ったまま、顔を上げない。

七角と八角は立ったまま食堂の方を睨んでいる。「今月分も払えんと。そういうわけか」とまた食堂から低い声がびりびりと響いてくる。

「それにしても、こんな状態でも天盆から顔ひとつ上げないとはね」

六麗が呆れたように言う。九玲がちらと横を見れば、凡天は何も起こっていないかのように天盆の世界に浸っている。それを見て九玲は僅《わず》かにふふっと笑う。

「よっぽど好きなのね」

「よっぽどすぎるのよ」

さて食堂では、声の主が壁際の卓にどっかと腰かけていた。饅頭《まんじゅう》を重ねたような体は椅子に納まりきらず、頬には鋭い傷がある。周りを睨む片目は瞼《まぶた》がなく丸い。目を合わさぬようにと、居合わせる客も目を伏せていた。饅頭男の隣の席には、小さな越磊《えつらい》が座っている。

「また陳《ちん》が攻めてくるという噂もあってな。千獄《せんごく》先生も物入りなんだよ」越磊がとりなすように言う。静は困ったように答える。

「旦那がああなんで。ほんとすみません」

「結婚したのはお前だろうが」

「まあ気の迷いというか」

「お前ほどの器量があれば他にいくらでもいただろう」

「ほんと怖いです。若気の至りって」

「どうでもいい」と饅頭男が会話を断ち切る。静を睨み上げる。

「旦那はどこだ」

「すみません。どこかの盆所か、どこかの現場か」

そこへ入口に人影が現れる。

「二秀か」にやにやしながら越磊が呼びかける。

二秀は、すぐに状況を察する。越磊と、饅頭男に礼をする。

「東盆陣《とうぼんじん》は残念だったなあ、おい」

越磊が通り過ぎようとする二秀に言う。

「力が足りませんでした」二秀は、立ち止まって言う。

「これで何年連続だ。盆塾でもあまり振るっていないと聞いたぞ」

食堂がいつの間にか、静まり返っている。越磊は静かになったのを独壇場《どくだんじょう》と思い、立ち上がって二秀に詰め寄る。

「天盆で名を上げんとするは蓋《がい》の国の男児たる本懐だが、いつまで働かずにおるのだ。親が借金していれば、働いて助けるのが男児ではないのか」

「それはあなたには関係ありません」

越磊が声のした方に振り返ると、静がまっすぐ立っていた。

「家族の問題ですから」凛と言う静に一瞬気圧《けお》されるも、越磊は声を荒げる。

「だが、借金を返せていないのは事実だろう」

「お前に借金しているわけじゃない」

家につながる勝手口に、少女が仁王立ちしていた。

「士花《しいか》」二秀が目を開く。

赤茶髪の士花は細い腰に手を当てて、越磊の顔を睨み上げている。

「小役人のあんたが、千獄先生の使いと堂々と一緒にいていいの」

「子どもが、口のきき方に気をつけろよ」

「もう十三だ」

「餓鬼だろうが」

「商人に尻尾《しっぽ》振ってる奴の方が餓鬼だ」

士花が胸を張ってそう言うと、顔を伏せていた客たちがぷっと噴き出す。奥の家でも、六麗や十偉が忍び笑いをする。九玲だけが、不安げに隙間《すきま》から食堂の方を見ている。

越磊は薄笑いを消して、士花に近づく。

「借金している身が偉そうだな」

「あんたにじゃないもん。だいたい借金くらいどこの家もしてるでしょ」

「お前の病の薬は金がかかるそうだな。親不孝者が」

士花は口をきゅっと結び、越磊を睨む。静が何か言おうとするのをさえぎるように、越磊は我が意を得たりと続ける。

「どこも借金しているからとて、開き直っていいわけではなかろうが。二秀のような役立たずも抱えて」

越磊がそう言うや否や、か細い拳《こぶし》がその顔面を襲った。小役人は目をひんむきすんでの所で避ける。士花は勢い余って、地面に転げ倒れた。その衝撃で発作が起きたのか、背中を丸めたまま立て続けに咳《せき》をする。静が駆け寄り、背中をさすった。

士花はうまく息を吸えずにかすれた呼気を繰り返したが、やがて落ち着くと、静の手を払い、越磊を睨み上げる。

「二秀兄は役立たずじゃない」

越磊は冷笑を浮かべて士花を見下ろす。「こいつが天盆で立身するとでも思っているのか」

「あんたなんかよりもするわよ」

「本気で言っているのか」

「本気よ」士花は強い口調で答えた。

「賭けようか」低い声がする。士花と越磊が、声の主たる饅頭男を見る。

「今度の夏街祭《かがいさい》の座興で、天盆大会があるだろう。あれに優勝してもらおうか」

饅頭男の言葉に、越磊はにやつく。「この街にいくつかある塾の塾生たちも出るだろうな。だが所詮《しょせん》この街の大会だ。それくらい勝てぬようではな」

「優勝賞金が出るはずだ。それを借金に充《あ》ててもらおうか。もしできなければ」

饅頭男は、そこで黙る。沈黙が店を支配する。

「できなければ？」士花が問う。

「……その時に考えるさ」饅頭男の瞼のない片目が、笑んだ。

「士花」二秀がとがめるように口を開く。

「優勝賞金を取ればいいんだから、うちの家から優勝が出ればいいんでしょ」さえぎって士花が確認すると、越磊は目を白黒させる。

「おい待て、お前ら全員出るつもりじゃないだろうな」

「全員は出ないわよ」

饅頭男は、用は済んだというようにゆっくりと立ち上がり、店の外に消えていった。

静かになった店で、越磊は静と兄妹を舐《な》めまわすように見る。

「血も繋がっていないお前らのどこが家族だ」

越磊は帰りがけにそう吐き捨てた。士花は越磊を睨み返す。二秀が振り返ると、静は何の表情もしていなかった。

「ただのままごとだろうがこんなものは」

そう言って立ち去ろうとした越磊が、食堂の中へと転がり倒れてきた。

入口を見ると、少勇《しょうゆう》が立っていた。

「越磊」鬼気迫る顔で越磊を見下ろしている。「お前」

「少勇」気圧されて、越磊は倒れたまま震えた声で言った。

「お前」

「いや、少勇、待て」

「いつぞやの天盆の賭け金を払え」

凡天、お前はまだ知らなかったな。

私たち十三人は、みな、捨て子なのだよ。

夏風の流れる夕、少勇と静に拾われ、育ててもらったのだ。

十

二秀と凡天は、その日から二人で天盆の向かいにいる凡天に告げた。

ニ秀と凡天は、その日から二人で天盆に明け暮れた。朝から夜まで、天盆を挟んで座した。街にはいくつか天盆を教える私塾があるという話をしたら、凡天は目を輝かせて「行きたい」と言いだしたが、「私に勝てたならな」と二秀は諭《さと》し、自身も通っていた盆塾に足を運ばなくなり、二人は夏街祭《かがいさい》まで対局と感想戦を繰り返すこととなった。

凡天も天盆大会に出させたい、と二秀が夕飯時に切りだすと、凡天は猿のように狂喜した。落ち着け、と一龍が諭したが、その時にはもう飯をかきこんだぱんぱんの頰で天盆の前に座って二秀を待っているのだった。十偉は、「何が楽しいんだか」とひとりごちた。

「ずいぶん根を詰めているな」

一龍は、夕涼みする二秀の隣に座った。

「力が足りぬのはその通りですゆえ」

「前に凡天と打った時、六麗が言っていました。天盆を打っていて楽しいと思ったのは初めてだ、と」

「六麗が楽しいと言ったのか。は、そいつは珍しいな」一龍は天盆の前で眠っている凡天を眺めながら言う。

「楽しいのです、凡天と指していると。塾生と指しているよりも」

「ほお。そういうもんか」

「何と言うか、この夏風のように、自由な感じがするのです」

「詩人だな。俺にはさっぱりだが、相手が違うとそんなに違うものか」

「それに、強くなっています」

「これだけやってりゃあな」

「この前、初めて負けました」

「手加減してやったんだろ」

二秀は、首を小さく横に振る。

「まことか。そりゃ大したもんだな」

二秀は、中庭からのぞく夜空を見つつ、頷く。

「一龍兄、すみません。負担をかけて」

「塾はいいのか」

「要《い》らぬ話だ。やめようぜ」

「しかし」

「別に俺は大工が嫌いじゃない。親父だって現場があっても俺に任せっきりだしな。お前もな、たまには体動かして倒れるほど汗かけば、そううじうじ悩まずに済むだろうさ」

「そうかもしれません」

「天盆が好きなんだろう。お前も昔は、凡天のように天盆にかじりついて離れない餓鬼だったもんなあ」

「父になかなか勝てなくて泣いていましたね」

「泣きながらもう一回もう一回、うるさかったよなあ。飯も食わずに天盆に熱中して倒れるしよ」

思い出して、二人で笑う。

宵空には、月がかかる。

二秀は、月を見る。

「あの頃の気持ちを、思い出すからなのかもしれない」

十一

夏の憂《う》さ晴らしであるはずの夏街祭《かがいさい》の直前、街に戦慄《せんりつ》が走った。祭りで、有力商人である張千獄《ちょうせんごく》が公開処刑されることになったのだ。

「これで、賭けは反故《ほご》か」

「借金もなくなるか」

「そうはいかんな。千獄の縄張りはすべて北街《ほくがい》の李絶《りぜつ》という商人が引き継ぐそうだ」

「処刑に、その商人も立ち会うそうだな」

「その李絶が千獄を密告したらしいぞ。東塞長《とうさいちょう》とがっちりのお仲だとか」

そんな会話のそばで、凡天は新しい手引き書に夢中である。

夏街祭は一転、新しい権力者のお目見えの場となり、街の緊張は高まった。

しかしその陰で、ひそかに人々は公開処刑を心楽しみにしていた。

「千獄の泣き面《つら》が楽しみだ」

その日は、夏が本気を出したような日差しの強い一日となった。

北岸広場の処刑台のまわりは人の汗と熱気で異臭を放ち始めていた。処刑が始まるのを待たずしてあちこちで人が倒れ、緑陰は人の押しあいとなった。

「すごい人だな」

河を隔てて、二秀はその阿鼻叫喚《あびきょうかん》を見遣っている。

南街の河沿いにある大きな盆所が、設《しつら》えられて天盆大会の会場となっていた。といっても誰かの筆による題字が掲げられているくらいである。

だが、騒ぎは対岸の火事ではなかった。天盆大会も静かに騒然としていたのである。その主は、大きな屋根と柱だけの風が吹き抜ける盆所に居並ぶ天盆、その中央の天盆に一人座していた。小奇麗《こぎれい》な少年で、小机の上に載った木製の天盆に正対し、椅子に折り目正しく座っている。周囲には人がおらず、人々は少し離れたところから中央の少年を横目でちらりちらりと覗いては話している。

中央の少年は、そんな周囲の様子に頓着しないように、口を真一文字に結んでまっすぐ前を見て座している。明らかに烏合《うごう》の衆とは違う上等な着物を着ていて、ますます周囲から浮き立っている。

「李絶の子だそうだ」

「なんと。親の権勢を笠に着た小童《こわっぱ》か」

「いや、勘違いするな。かなりやるらしい」

「まだ東盆陣《とうぼんじん》に出られる歳ではないが、なんと北街の傾天塾《けいてんじゅく》の塾生を全員抜きしたとか」

「まことか。どう見ても八歳か九歳くらいではないか」

「そんなもの、相手が親に阿諛追従《あゆついしょう》でもしたのだろう」

囁《ささや》きが踊るのを聞きながら、二秀は傍らで一人河の流れを見下ろしている凡天に話しかける。

「お前と同い年くらいだな」

凡天は振り返って、中央の子どもを見る。

「早くやりたい」

「お前はそれしか考えておらぬのか」二秀は苦笑する。

主催の恰幅《かっぷく》の良い禿頭《とくとう》が、籤《くじ》で対戦を決める、と叫ぶ。三十人を超える、噂に花を咲かせていた者たちが、ぞろぞろと籤をひきに集まる。

名前が一人ずつ呼ばれ、籤をひく。「李空殿《りくう》」と呼ばれると、李絶の子は人々の波が避ける中を進んだ。「新しい権力者のお子様は、殿付けかよ」参加者の髭《ひげ》男が笑って言った。

籤に書かれた番号の天盆へと対局者が向かい合って座し、そして第一戦が始まった。

祭りの喧騒《けんそう》は外に締め出され、駒を打つ音だけが響きだす。

駒音が夏の涼を風情するようだと禿頭が腰を下ろした時。

「参りました」

消え入るような声が、静まった盆所の中央で、しかし盆所中へと響いた。禿頭は目を見開いて立ち上がる。対局中の者たちが一斉に驚愕《きょうがく》の顔で中央を振り返る。

李空の対局相手が、立ち上がって俯《うつむ》いたまま去って行った。

「まさか。もう決したというのか」禿頭が呟く。

李空は、始まる前と変わらず、口を真一文字に、まっすぐ前を見ていた。

十二

二秀も凡天も第一戦を勝ち、第二戦も勝った。李空《りくう》も当然のごとく残っていた。盆所の屋根の下は人が少なくなり、風通しもよくなった。

「二秀兄も勝ってるんですか」

次局までの間、対岸の処刑広場の様子を眺めていた二秀の背中から、声がした。

振り返れば、同じ盆塾の塾生であった。

「亜言《あごん》。君もさすがだね」

「最近塾に顔を出されぬゆえ、辞めるおつもりとばかり思っていました」

「家でこいつの手ほどきをしていたのだよ」と二秀は凡天を示す。

「お陰で私が回天塾《かいてんじゅく》で全員抜きを達し、筆頭になりました」

「それはすばらしい。しかしきっと、私がいてもなっていただろう」

「ええ。無論そう思っております」

対岸から大きな歓声が風に乗って届く。

亜言は目を細めて二秀を見ていた。

「塾に戻るおつもりですか」

「辞めたつもりはないが」

「二秀兄も、もう己の才覚を見極めるべき歳ではありませぬか」

「天盆は、誰にでも開かれたものではないか」

「自らの分を見極めぬ者は見苦しい」亜言は吐き捨てた。

二秀はゆっくりと眉をひそめる。

「いつから天盆はそんな狭量《きょうりょう》なものとなったのだ」

「あなたに天盆で立身する力はない。望みにしがみついている姿は無様《ぶざま》です。塾でも最近私はおろか、我らより年下にも負け続きだったではありませんか」

「一時の勝敗がすべてではなかろう」

「勝敗がすべてではないですか。天盆士《てんぼんし》になるには勝ち続けるしかない。東盆陣を勝ち抜いて、東部で一等にならなければならない」

まくしたてた亜言は一旦《いったん》言葉を切ると、ゆっくりとまた口を開いた。

「賭けましょうよ」

「賭け？」

「この先、私との対局になり、私に負けたら回天塾を去ってください」

二秀は、ため息をついた。

「なぜ、誰も彼も天盆で賭けたがるのだ」

亜言は凡天を見下ろした。

「こんな餓鬼を出しに現実から逃げるなぞ無様極まりない」

「そこまでにしておけ」別の声に振り返れば、同じ塾生であった。

「二秀兄も分かっておられる」狐目《きつねめ》をしたその口元にも、笑みが張り付いていた。

「勝つ者は情けも忘れてはならぬ」

亜言は二秀を一瞥《いちべつ》すると、「早く一戦交えたいですね」と言い残し、狐目と立ち去った。

二秀はまたひとつ、ため息をつくと、しばらく河の陽光の反射を眺めていた。その口元は厳しく結ばれていた。

十三

果たして、次戦の籤で二秀と亜言《あごん》は天盆を挟むこととなった。

狐目は、凡天との対局になったようだ。

駒を並べる亜言は、薄笑みを浮かべていた。

対局は、開始早々より亜言の激しい攻勢となり、序盤から中盤にかけて、二秀は主導権をとられ、受けに次ぐ受けで決壊を紙一重で凌《しの》ぐ展開となった。

「長城囲《ちょうじょうがこ》いで守り、着実に積み重ねる攻め。それが兄《けい》の盆風《ぼんふう》ですよね」

二秀が囲いを完成させるより早く、亜言は攻め入る流れを作った。

「ゆえに急襲急戦に弱い」

亜言は薄笑いを浮かべたまま、二秀陣に乗り込み、二秀の駒をすり下ろすように削り取っていく。

「まるで」

手元の持ち駒を指でなでながら、亜言は二秀にだけ聞こえる声で言う。

「まるで兄《けい》の人生のようだ」

嘲笑《ちょうしょう》を無言で受け止め、二秀は駒を進める。亜言は間断おかずに次の手を打ち据え、持ち刻を示す砂時計を返すと、「読み筋だよ」と告げる。

盆面は終盤に差し掛かっていた。ふたつある砂時計の砂は交互に減り続ける。自分の手番を打って己の砂時計をひっくり返すが、砂が元に戻ることはなく、自分の手番がまた来れば再度ひっくり返して、また砂は減り続ける。砂が尽きれば、負けである。

二秀の帝が縦横よりの寄せ手に、囲いをはぎ取られて晒《さら》されていた。二秀は己の持ち駒を見る。麒麟《きりん》と弓《きゅう》、そしていくつかの衆《しゅう》。対して亜言の手元には、二秀からはぎ取った持ち駒がごろごろと転がっている。

砂時計の砂が減ってゆく。二秀は、幾度も読みを繰り返す。

砂がこぼれ切る間際。手持ちの麒麟を亜言の帝の頭に叩いた。

亜言が目を細める。それは麒麟のただ捨ての指し筋だったからである。

二秀の帝はあと一手で必死がかかる。

守りを足掻《あが》かず攻め手に出るつもりか。しかも悪足掻きのようなただ捨てで。亜言は盆面を見たまま動かない。

夏風が一陣、流れる。

亜言の額から、汗が一筋流れた。

砂がなくなる直前に、亜言は麒麟を取るのを避け、帝を逃がす手を指す。今度は二秀が間をおかずに麒麟を対角に動かし、成らせた。成麒麟は、己の帝への寄せ手を牽制《けんせい》する筋にあり、なおかつ、亜言の帝に必死をかけていた。

亜言は盆上に顔を寄せた。持ち刻寸前に駆け込むように持ち駒で守りを厚くする。

「確かに、無様かもしれぬな」

二秀は帝首をかける。亜言は逃れる。流れるように、二秀は寄せる。

それは、急転直下の寄せであった。

「だが」

砂が無くなっていく。亜言は唇を噛《か》んだ。

「君に勝つことはできる」

二秀はそう、言った。

亜言は砂が落ちきる直前、呟く。

「参りました」

ゆっくり、二秀は席を立った。

「人の生は、勝ち続けられるものではない」

凡天との日々が、それを思い出させたのかもしれぬ。

対岸の叫声が、ようやく耳に戻ってくる。

十四

「なんだこの終局図は」

対局の終わった凡天の天盆を見下ろして、二秀は目を白黒させた。

凡天は、朝に静の持たせてくれた握り飯を対局席で平らげている。

互いの帝が相手陣深くに入帝しており、盆上にはほとんど駒が残っていない。互いの駒台から持ち駒が溢れそうになっている。乱戦といおうか、奇戦といおうか、まるで覚えたての童がでたらめに打ち合ったような終局図だった。

狐目は既に盆所からいなくなっていた。

「こりゃ面白いな」

だみ声でそう言うのは、残った四人のうちの一人の髭男だった。大きな口からは酒の匂いを漂わせている。

「随分腕白《わんぱく》なようだなあ」

「まだ定跡《じょうせき》もそれほど入っていないゆえ、奔放なようです」と二秀。

「定跡なんざ、いざという時には邪魔なだけよ」

「定跡がなければ、地図もなく海に出るようなものでは」

「最後の最後は役に立たんさ」

見ろ、と周りで勢い込んだ声がする。

北街で、歓声が上がる。今までより一際大きい。まるで地鳴りであった。狂乱のような熱気が、河面を伝ってくるほどであった。

処刑が行われたのだ。盆所でも一人また一人と拳を上げて大声で呼応している。

「天盆も人生も、ここぞを読み間違えれば終わるのさ」

熱気の中で、髭男はゆうゆうと黒髭をなでながら対岸を見ている。

「命の賭け所で己を救うのは、本能と勘だけってな。定跡を学んだところで、本能を研《と》ぎ澄ましておかねば生き残れはせんさ」

一人離れて座っている李空を、顎《あご》で示す。

「親父も親父なら、子も子だ。読み筋の鋭さは親譲りだろうさ。潮目は外さねえ、斬《き》れるとあらば迷わず過《あやま》たず斬る」

二秀は髭男を見上げる。

「あなたは、真剣師ですね」国公認の天盃士とは異なる、表裏の賭け天盃で稼ぐ玄人《くろうと》。

髭男は、満面の笑みを浮かべた。「黒蜥蜴《くろとかげ》って呼ばれているな」

「なぜこんな大会に」

「決まってる。金だよ」黒蜥蜴はぎししと笑う。「せっかくの祭りだ、気晴らしくらいしてえじゃねえか」

十五

夏の日は傾き始めていた。

黒蜥蜴と凡天の対局は終盤に入っていた。

凡天の駒台は持ち駒に溢れていたが、しかし盆上は黒蜥蜴が寄せていた。黒蜥蜴は捨てるように駒を進めていく。それに乗っているうちに、鮮やかに局面が寄せられていたのだった。

「蜥蜴は尻尾を捨てて生き延びるってな」

黒蜥蜴は持ち駒を手の中で放り上げる。

凡天は盆上をじっと見ていた。お互い早い指し回しで、その流れに乗っていたら気づかないうちにこんなところに流されていた、とでもいう顔だった。囲いには穴が空き、決壊していた。

黒蜥蜴の帝は盆の端で、囲むのは最小の手勢でしかなかったが、しかしとっかかりの寄せ手がなく、切り崩すのには手数を要する形であった。

「勝てばいい世界で対局を重ねるとな、定跡や美しさなんぞはどうでもよくなる。勝てばいい。一手でも早く殺せばいい」

凡天がまた目の前に吊るされた駒を取る。

「どれだけ血を流そうが、相手を殺せば、最後に立ってるのは、俺だ」

黒蜥蜴は砂時計を返すことさえせずに次手を放つ。攻めの陣営に最後の持ち駒を投じ、次の手番から寄せを始める最後通告だった。

凡天は穴があくほどに盆上を見ている。

黒蜥蜴はそれを面白そうに眺めた。

「ここまで寄せようがなく詰められるのは初めてか。戦意が失われるだろ」

「面白い」と凡天は言った。

「はっ、この局面を面白がれるってのは、たいしたもんだ。余程の肝《きも》か、あるいは危険を感じぬ馬鹿か」

だが、と黒蜥蜴は続ける。「お前の兄ならここで諦《あきら》めるだろうな。あいつは賢い。賢いってのは生き延びるのにいいとは限らん。勝手に諦めるからな」

凡天が、己の帝の脇に持ち駒の麒麟を打つ。

「は、贅沢な守りだ」と黒蜥蜴が寄せ手を放つ。凡天は、寄せくる獅子の道に持ち駒の将を置く。そこから、黒蜥蜴の寄せ手に対して、凡天は持ち駒を次から次へと投入した。

「おい」寄せ手を放ちながら、黒蜥蜴は困惑し始める。

凡天の帝の周りは、駒だらけで寄せ手の入る隙もない密集地帯となった。

「持ち駒をすべて切る気か」

黒蜥蜴の寄せ手が止まる。

「お前、寄せる気がないのか」

黒蜥蜴は寄せ筋がなくなった。しかし、凡天も持ち駒を切らし、攻めようがない。盆上は一転、無風の様相と化した。

「ここからまた仕切り直そうってのか」

黒蜥蜴が言うと、凡天は黒蜥蜴を見上げて笑った。

十六

精緻《せいち》な読み合いの果て、二秀は李空との最終局面にあった。互いが攻め寄せ合い、いずれが早く届くか、という盆面となっていた。

どちらが早いか分からない、二秀はそう読んでいた。一旦守りを厚くする手を指すか、あるいは薄い線を承知で寄せ続けるか。

持ち刻ぎりぎりに、寄せを選び鳳凰で帝首をかける。帝は鳳凰から遠ざかるように逃げるはずだ。

李空は、顔色を変えずに背筋を伸ばして盆面を見下ろしている。そして、帝を鳳凰に近づける形で帝首をかわした。

二秀は眉を僅かにひそめる。近づくとは。普通ならば鳳凰に近づけば危険と直感するはず。寄せ手に厚みが出る場所だからだ。

目の前の盆面に読みを走らせる。

一手届かない、と見極めたのか。

二秀が持ち駒で帝首をかける。

李空は逃げ道を塞《ふさ》いでいる衆《しゅう》を取り、逃れる。徐々に李空の帝は孤立する場所に行く。

二秀の手が止まった。

盆面が、最前と違って見えた。

ふと悪寒《おかん》が走る。

自陣を見れば、さきほど取られた衆を加えれば、李空の寄せは帝を捉《とら》えきる。

あの衆を取るために、近づいたのか。

二秀は深く己の中に沈んだ。目は盆上を見据えたまま。幾通りもの読み筋が盆面を浮遊しては消えていく。

届かない。

戦慄する。汗が背を滴《したた》る。

己の首筋に鎌を当てられていることを、斬られる間際にならねば気づけないのか。

二秀は目を瞑《つむ》る。

夏の風に、己の声を聞く。

「参りました」

顔を上げる。李空も盆から顔を上げたところだった。

李空は、二秀を見ると、分かるか分からぬかほどに、小さく笑んだ。

無邪気な笑みだった。
八、九歳の童《わらべ》なのだ。

二秀は初めて気づいたように、気づく。

それと同時に、隣の盆からだみ声が上がった。

「参りました」

十七

「お前の弟は、蜥蜴より摑みにくいわ」

黒蜥蜴はそう笑った。

二秀は終わった盆面をじっと見ていた。どこで誤ったか、痺《しび》れた頭は巡っていた。巡れど、どこにも辿《たど》り着かず、巡り続けていた。

盆所の入口が騒がしい。

ゆっくりと頭を上げた二秀が見たのは、息せききって走ってくる七角と八角だった。二人は二秀にすがりつくと、何かを話している。落ち着いて話せ、と諭す。

李絶《りぜつ》が、息子の天盆を見にここへ来る。

その言葉を理解するや、痺れていた頭に周りの景色と音が蘇ってきた。

見れば、盆所は己の見ている最後の一盆を除いて片づけられ、その横に李絶のための席を設けようと椅子や敷物が慌てふためく者たちによって用意されつつあった。

「処刑、凄《すご》かったぜ」七角が言う。

「李絶見たよ」八角が声をひそめて続く。

「顎と首の境目がないのな」

「しかもでかい」

「丸いんだよ」

「しかもでかい」

「処刑の後喋ってた」

「しかもでかい」

「街の発展を妨げる者は、同じ運命を辿るだろう」

「辿るだろう」

七角と八角の言葉に、二秀は眉をひそめる。

「東塞長《とうさいちょう》と握手してた」

「もうすぐ来るぜ」

「六麗が、二秀兄に知らせろって」

「おい」

声に顔を上げると、大会を主催している禿頭だった。祭りなどどこかへ行ったような深刻な顔だ。

「お前ら、百楽門食堂《ひゃくらくもん》の倅《せがれ》だろう」と、二秀の向かいで天盆を眺める凡天を見ながら言う。他に聞かれぬように気を配った小声だった。私はお前のところの常連なんだよ、と前置きして言う。

「次の李空《りくう》との対局、小僧には負けさせるのだ」

二秀は怪訝な顔をする。しかしその意味はすぐに飲み込んでいた。禿頭の顔には憐憫《れんびん》があった。顔を近づけて、禿頭は囁《ささや》くように、しかし切迫した強い調子で告げる。

「勝てば禄《ろく》なことにならん。負けろ。負ければ丸く収まる」

「しかし、たかが祭りの余興です」

「若造や」

禿頭は二秀を一蹴する。

「公開処刑の日だ。李絶にとっては名をあげた日だ。その日に、顔に泥を塗ったらただで済むと思うか」奴は息子を天盆士にするつもりだ。己は金で、息子は地位で、それが奴の野心なのだ。

「お前の言うとおり、たかが祭りの余興だ。儂《わし》はお前らの食堂が気に入っているから言っているのだ。いいか、必ず負けるのだ」

幾度も念を押すと、準備に戻っていく。

二秀はその背中を見送っていた。

「兄者、どうするの」七角と八角も察したらしく、先の元気が影をひそめ、不安げに二秀を見上げる。

向かいの凡天を見る。今の話も聞こえておらず、天盆に夢中である。二秀の頭の中はまとまらず、しかし何をすればいいかは分かっていた。

止《と》めなければ。どう話をするか。

「凡天。聞くのだ」

「これだ」その時、凡天が呟いた。

何をしているのだ。盆上に目を落とすと、己が負けた盆面、それが。

二秀は一瞬で理解した。

その中のいくつかの駒が、動かされていた。それは二秀の勝ち筋への道を示していた。

「八四臣」終局図を動かしているので正確ではないが、数手前にこの手を放っていれば、道があった。それを凡天は見つけた。

二秀は一時忘れてその盆面からの手筋を読んだ。

届いていた、かもしれぬ。

「凡天」

凡天は楽しそうに笑っていた。

二秀は、かけるべき言葉を見失った。

「李絶様だ」

声がした。

入口に、人だかりができている。

人三人分の巨軀を揺らし、大商人が盆所に入ってきた。

蠟《ろう》のように異常に白い肌。歪《ゆが》んだ口元。獲物を探す、蛇の目。

その目が、二秀と凡天を見定めた。

「我が李空の相手はどれだ」

つまらなそうに吐き出された言葉に、主催の禿頭が額に汗をかきながら答える。

「あちらの小僧でございます」

李絶は凡天を見た。何の感情もない目であった。

十八

対局は、厳《おごそ》かに始まった。

日は色づいている。祭りは盆所の外に締め出された。

李絶の椅子、その後ろから天盆を取り囲む人の群に混じって、二秀は対局を見ていた。

群の中には李絶についてここまで来た取り巻き衆もおり、李空が手を打つたびに拍手が起こる。

立ち上がり、李空は円慶陣《えんけいじん》で自陣を固め、凡天も銀扇囲《ぎんせんがこ》いで守りを形作る、手堅い入りとなった。

だが、互いの陣が固まると、李空が盆から目を上げ、凡天を見た。

凡天も顔を上げ、目を交わす。

二人が天盆から目を上げたのは、対局中それきりであった。

そこから、一気呵成の急戦となった。

互いに入り乱れるように攻め合い、相手の読みをかわすでなく真っ向から受け止めるように駒が激突していく。

李空は定跡をかなり研究しているのが二秀には知れた。その厚みの上で手を工夫している。

凡天は型を持たぬながら、定跡に囚われずに局面を泳いでいく。定跡にない不可解な手も多いが、駄手妙手入り交じりながらも、盆面を未知の形へと導く。普通は打たない場所に駒を打ち、動かすべき駒をそのままにする。一等早く戦端を開く駒たる弓《きゅう》が最初の場に居続ける。

李空は李空で、その未知に戸惑うことなく主導権を譲ろうとしない。

一手打つごとに天秤はふらりふらりとあちらへ傾き、こちらへ傾く。

二秀はやがて、次第に見物衆が見入っていくのを感じ取った。追従のように拍手していた観衆も、それを忘れて熱中し始めている。夕刻で涼しくなりつつある中、盆所は逆に熱気を発し始めた。

二人が童なのを忘れさせる激戦であった。

一人、李絶だけが何も変わらず、白い能面で隔絶してあった。

終盤へ差し掛かり、李空の天槍《てんそう》完成を凡天が妨げると、そのためにできた間隙《かんげき》へ李空は麒麟を突きつける。予想していたのか、凡天はそれを無視して卜者《ぼくしゃ》を捨て駒とする寄せ手を放った。

観衆は、知らず知らず息を止めていたようで、一斉に、ほう、とため息をつく。

「おい」

李絶が声を発した。取り巻き衆の息が止まる。

「まだ李空は勝たんのか」

「いえ、互角、いや、李空様の優勢かと」

面白くもなさそうに李絶は唸《うな》った。

二人には、外野の声は聞こえていない。

夏の夕日がその姿を照らしている。

二人の童が、額に汗して、盆を一心に見ている。

一人が打てば、いま一人が返す。

盆に駒が打ち据えられる音が、響く。

人々が、その一手一手に喜憂する。

はるか古《いにしえ》の風景のように、二秀はそれを見ていた。

微《かす》かに、二人は笑っているように、見えた。

李空が帝首をかけ、凡天は首の皮一枚を逃れていき、相手陣へと入帝する。

己も知らず、拳《こぶし》を握っていた二秀は、は、と息を呑む。

神武《しんぶ》の天盆舞《てんぼんぶ》。

新年に行われる天盆の奉納戦、天盆舞。その歴史の中でも名局と名高い、神砂《しんさ》と武賢《ぶげん》二人の名人による一局。

その神武の天盆舞の終盤図に、似ているのだ。まったく同じではない。しかし、凡天の帝の周りは、おそらくほぼ武賢のそれを再現している。ここから、今も天譜《てんふ》に残る神砂の鮮やかな寄せで崩されたのだ。

李空は、この神砂が勝利した寄せ図へと、この激戦を誘導したのだ。

研究と記憶の量。

それをこの激戦下で顕現《けんげん》せしめる技量。

二秀は李空の力量に感嘆した。

天秤は、積み重ねた定跡と研究の重みの分、傾いたと見えた。有名な天譜だ、見物衆の中でも好事家《こうずか》が気づき始める。

凡天の手が止まる。動かない。

夕刻の中、まるで息さえしていないように、目を見開いたまま止まっている。

凡天はこの天譜を知るまい。しかし、自らの首に何かが迫ったのを、感得したのだ。

沈みかける陽光がその顔を照らす。

砂時計の砂が落ちていく。

夕日が、河面に光の帯を残して、ふ、と沈んだ。

凡天は麒麟を慌てて動かし、相手の卜者を取って帝首をかける。

おお、と感嘆と困惑の声が上がる。

その麒麟は凡天の攻めの要《かなめ》となっていた駒だったからだ。卜者との交換で捨てるのは、ただ捨て同然に思われた。

李空はしばし盆面を睨むが、帝首ゆえ取るほかない。

それを受けて、凡天は続いて鳳凰で帝首をかけた。

今度は明らかに戸惑いの声が上がった。二手続けての大駒の特攻。

見物衆の熱気が、引き始めるのを二秀は感じた。自身の中にも生まれた引き潮だったからだ。

手仕舞《てじま》い攻め。

敗色濃厚の折、寄せ切りが見えない、あるいは寄せ切れぬと悟りながらも、最後の足掻きとして攻めをやりきるだけやりきろう。いわば敗戦処理に近い。

見物衆は、凡天が手仕舞い攻めに入ったと見たのだ。よくやったがな、と囁く声が聞こえる。対局中ずっと息を詰めていた主催の禿頭は、安堵の嘆息を漏《も》らしている。これだけの名局の果ての負け、この上ない結果ではないか。そう思っているのだろう。

確かにそうかもしれぬ。己もそう思うべきか、と二秀は盆上を見遣る。

李空の帝の逃げに対して、凡天は獅子を差し出す帝首をかけた。

嗚呼《ああ》という頷き。もはや敢闘《かんとう》を讃《たた》える声が上がり始めている。

盆所に吹く風は、夜風に変わり始めている。

二秀は、違和感を覚えた。

盆面に目を凝らす。

李空の帝は上方へ浮かされた格好とはなったが、まだ上方へと逃れる道が開けている。凡天の持ち駒には大駒がなく、臣、卜者、衆と小駒のみである。幾筋かの寄せを頭に走らせるも、捉えきれるとは定かに思えなかった。

しかし、凡天の指し方が手仕舞いには思えない。

思えば、凡天と幾局も行ってきたが、先がないのを知りながら手を指すなどということがあっただろうか。

李空の手が止まっていた。

寄せが始まっているのではないか。

李空が獅子を帝で取る。

凡天は、しばし間をおいて、持ち駒の臣を捨てるように帝首をかけた。

また、ただ捨てかと思った瞬間。

取れない。

二秀にも、ついに見えた。臣を取れば、最初から動かぬ弓の影響圏内に入り、帝が盆端に追いやられる、紙一重だが繋がった筋に入る。取らずに逃げれば、臣を起点に窮屈な盆中央での寄せが、繋がる。

まさか。

読み切っていたのか。

気づき始めた観衆が隣に教え、驚愕と興奮が細波《さざなみ》のように広がる。手品か妖怪を見るように、突如現れた逆転をすぐに飲み込めない。

李空は盆面を見ていた。

やがて顔を上げ、通る声で言った。

「参りました」

凡天も、顔を上げる。

李空と凡天は、汗まみれの互いを見て、笑った。

緑のむせる匂いが、風に運ばれてきた。

見物衆が大騒ぎを始める中で、冷えた目をしている李絶がいた。

十九

「今日は麺が出せるよ」

「麺しか出せないけどね」

「うちの麺は旨いからいいでしょ」

三鈴、四鈴、五鈴が久しぶりの客に言う。

「暇なのもいいもんよね」と小柄な三鈴が後頭部で両手を組んで言う。

「このまま暇だったら潰《つぶ》れるわよ」と長身の四鈴が腕を組んで言う。

「でも常連さんはいるから何とかなるわよ」と太った五鈴が腰らしきところに手を当てて言う。

夏街祭を境に、百楽門食堂から客足が絶えた。誰もはっきりと言わないが、凡天が李空に勝った対局が原因なのは明白だった。潰そうと思えばこんな食堂、翌朝には潰せたであろうが、些事《さじ》のまた些事に過ぎぬのであろう、小さすぎるがゆえに食堂には李絶の手が直接伸びることはなかった。しかし、街には粛清《しゅくせい》に近い嵐が吹き荒れており、瑣末《さまつ》なことであっても李絶に目をつけられぬようにと、人々は息をひそめるように暮らした。事実、目立つ大商人は毎日のように、片端から店仕舞いに追いやられていたのである。

誰が言い出さぬとも、食堂には近づくまい、関わるまい、とするのが渡世である。

静は「しばらくのんびりできていいわ」とすっきりした風情で言った。そのままでは百楽門は早晩に潰れていたが、そうはならなかった。人目を忍んで来る常連がそれでもいたのだ。お上《かみ》の圧力になどもはや頓着しない落伍者や底辺者であり、もともと表通りでは生きていないような者である。中には新しい顔もあった。

「李絶はどうも気にくわなかったのだ。胸がすいたわ」と小声で静に囁いて帰っていく。

とはいえ、商売は苦しくなった。

客もしかりだが、食材の調達がままならなくなったのも大きかった。付き合いのあった八百屋や魚屋が、ことごとく百楽門との取引を中止した。

「何よ、長い付き合いじゃないのよ」と三鈴。

「食材を売らないなんて、言っていいのかしら」と四鈴。

「役人の奥方との不倫の件、もう黙っていられなくなるかも」と五鈴。

三人姉妹の巧みなる交渉で、騙《だま》し騙し食材の確保を繋いでいたが、付き合いのある先からの仕入れは減り、出せる料理も減り、一品二品での営業が当たり前となった。

それを救ったのは、いま一人の娘であった。

どすっと音を立てて、食堂の地面に置かれた荷袋から野菜がこぼれる。まあ、と三姉妹が集まってくる。

六麗が肩に載った落ち葉をはたきながら食堂の奥に入っていく。

後ろから、二秀が荷袋を背負って入ってくる。そちらの荷袋も、紐《ひも》を解けば肉が転がり落ちてきた。群がる三姉妹は、よくこんなに手に入ったねえ、と口々に二秀を見上げる。

二秀は、奥で静と話す六麗を見ながら、苦笑いを浮かべる。

「いや、あいつは末恐ろしい」

「そんなになの」と三鈴。

「六麗が市場に行くのに初めて同行したが、あれほどとは」

「あれほどって何が」と四鈴。

「商人を落とす手練手管《てれんてくだ》だ」

「手管」と五鈴。

「あいつは己の笑みが武器であることを知りつくしている」

六麗は、露店で入り組んだ市場を勝手知ったるように進んでいった。やがて路地の奥の奥、こんなところに店がと思うような店にふらりと入っていくと、主人である爺に向けて、二秀がかつて見たことのないような笑みを浮かべた。天盆で言えば、それで概《おおむ》ね形勢が決まったようなものだった。しぶる主人につと近づき、笑みを浮かべたまま言葉巧みに話を進めると、それでも渋面のまま首肯せぬ主人を、とどめとばかり小首を傾《かし》げて覗き込む。帝首であった。

そうして六麗は、目星を付けている店を続けざまに二、三軒まわり、同じように顔をしかめる主人たちを口説き落とし、空で持って行った荷袋が満たされると、まるで散歩でもしていたかのように踵《きびす》を返して市場を後にしたのだった。二秀は終始、後をついてゆき、食材を荷袋に詰め込むだけであった。

三姉妹は、静と笑っている六麗を振り返る。

「さすが美人、恐るべし」と三鈴。

「これが美人と自覚している美人の強さか」と四鈴。

「美人が賢いと斯様《かよう》にも無敵なものなのね」と五鈴。

六麗は、百楽門食堂の食材調達を一手に引き受けた。落ち葉が路に敷き詰められる頃になると、李絶の権勢は強まり、街は冬が近いだけではない冷え込みを見せ始めていく。

その中で六麗は、定期的に市場や、時には歓楽街の闇市にまで足をのばし、訪ねる店を変え、新たな商人のもとを訪れ、食材を調達して帰ってくる。

もともと、美しくなおかつ商人を向こうにまわす賢さを持つ娘として、六麗は知る者には知られていた。それが、この冬が訪れる頃には、南街の商人で知らぬ者はいないほどの評判が立っていた。いまひとたび六麗が訪れれば、いかに李絶が恐ろしかろうと、食材を袖の下からでも渡さざるをえなくなると、その訪問に怯《おび》えるほどであった。

美しく賢い娘六麗の噂は、木枯らしのように、東塞を吹きわたった。

二十

「李絶が、また商売敵の商人を処刑したそうじゃ」

「いまや東塞長《とうさいちょう》までもが顎で使われる始末じゃて」

「お茶はまだかえ」

頭数の減った爺共が大声で喋っている。

「陳の王が代わったからな。何が起こるか分からん」

「何でも前の王を斬首して王座に就《つ》いたとか。恐ろしく血の気の多い王だそうな」

「お茶はまだかえ」

「李絶は南街の歓楽街も手に入れようとしておるらしい」

「東端の守りを固めるためとか言うておるが、いやあ、本当かどうか分からん」

「お茶はまだかえ」

人の少ない食堂でのそんな昼下がりの談議に混じっていた士花が、ふと耳を澄ます。「何だ何だ」と言いながら、立ち上がって外を見る。走り行く知り合いに叫ぶように声をかけ、二言三言話したかと思うと、「許せない」と甲高い声を上げ、上気した顔で食堂の中を振り返る。

「市場の鳥海《ちょうかい》がしょっ引かれてるって」

肩にかけていた布を置いたかと思うと、九玲が声をかける暇もあらばこそ、士花は食堂を飛び出していった。不安そうな面持ちで残された九玲の裾を、爺が引っ張る。

「お茶はまだかえ」

俯きながら厨房に戻った九玲は、静の隣で壁に寄り掛かる。幼い頃と変わらぬのはおかっぱ頭だけで、もう十五という年頃である。顔にかかる髪から覗くのは、憂うまつ毛と伏し目であった。

「士花はなんで、あんなに怖がらずにいられるんだろう」目を伏せたまま、九玲はぽつりと呟く。

茶を淹《い》れている静から、答えはない。厨房の奥から、湯の沸く音がする。

「怖いと感じる以上の何かが、あるのかもね」

静が、そう言った。

「何か、って」

「怖いという気持ちを打ち消すほどの、怖いという気持ちを塗り潰すほどの、何か」

九玲は、後ろ手に組んだまま、静の言葉を聞いている。

「でも」と静は続ける。「怖くたっていいじゃない」

あっけらかんと静は言う。九玲は、だけど、と目を逸《そ》らす。越磊に殴りかかった士花を、思い出していた。

「九玲には九玲の良さがある」

九玲が顔を上げると、静が茶を差し出していた。それを運んで爺に出すと、九玲はそのまま士花が出て行った戸口を見ている。一人の呆けた爺が尻を触っているのだが、気づいていない。

それを静は、厨房から眺めていた。

雪を待つ時節になっても、静と三姉妹の工夫、六麗の調達で、食堂は何とか持ち堪《こた》えていた。しかし、寒さが厳しくなり、年をまたぎ、東塞《とうさい》での李絶の権勢が強まってゆくに連れ、その騙し騙しも効かなくなり、いよいよ厳しくなった。

「明平《みんぺい》が、勘弁してくれって」子が寝静まった夜半、静は少勇に言う。

「奴もか」

「息子が病で、李絶に医者を紹介してやるって言われたみたい。紹介を受けるか、このまま死なせるか、選べって」

「そうか。長い付き合いだったが、仕方あるまい」

少勇は縁側で月を見ている。

静は縫い物の手を止め、顔を上げる。

月明かりが、少勇の影を壁に描いていた。

「まあ、何とかなるだろう」

「このままじゃお湯しか出せなくなるわよ」

「いいね、お湯で幾ら取れるかね」

「そうねえ」

「取れるのか」

「取れるわけないでしょ」

「何だ、つまらん」

少勇は寝転がる。静は縫い物を仕舞う。

「まあ、何とかするさ」

少勇は、一計を案じることとした。

二十一

二秀と凡天は、ほぼ五分五分の勝ち数になった。

年が明けても、冷たい雪がちらつく庭を背景に、二人は天盆を挟んでいる。

二秀は盆塾を破門された。

「なぜお前が破門なんだ」一龍は顔をしかめた。

「同じ家の者ですし、凡天を止めませんでした」

「当たり前だろう。だが、どこかの盆塾に所属していなければ東盆陣《とうぼんじん》に出られないではないか」

「あるいは、天盆士の推薦を得るかです」

「あてがあるのか」

「ありません」

「それでよいのか」

「致し方ないです」

「負けろと言えばよかったと思うか」

二秀は一龍を見る。

「勝敗に、善悪はありません」

ぱち。

駒音で、二秀は我に返る。

凡天が戦をしかけてきていた。

かわす手を二秀は指した。破門されてから、凡天とばかり指している。もう何局交えているだろうか。二秀は改めて感嘆していた。天盆打ちには、必ず手筋の好みや型がある。盆風《ぼんふう》と言う。凡天にはそれがない。これだけ毎日のように打っていて、なお摑み所がない。振り獅子《ふじし》、居獅子《いじし》、三つ巴《みどもえ》、卍攻め《まんじ》、どんな打ち筋も繰り出すし、受けてくる。凡天と指していると、己の盆風の方が広がってゆくようだった。

「腹が減った」中庭に面した縁側で十偉が言う。九玲が暇なら手伝って、と通ってゆく。

腹が減って動けぬ、と十偉。

「ご飯食べたばかりじゃん」布をかけて横になっている士花が口を尖らせて言う。「あればかりで動けるか」と十偉は相手にしない。

「一龍兄の現場でも手伝ってくればいいのに」動かぬ十偉に、食堂から戻ってきた九玲は言う。

「こんな雪でやってるもんか」

「もう十五になったんでしょ。ちょっとは稼いできなさいよ」士花が縁側の方へ顔を向ける。

「どこ行ったって、百楽門だってだけで門前払いさ。二秀兄が賭け天盆で稼いでくればいいんだ」

そう言うと、傍らで静かにしていた王雪が口を開いた。

「駄目よ。二秀兄は天盆を人に教えて稼ぐんだもの」何やら床に小石を並べて、目を瞑《つむ》ったまま触っている。まるで戯れているようである。

「じゃあ、凡天が行ってこいよ」

「行く」凡天が、九歳になって、はっきりしてきた顔を上げる。すかさず二秀がたしなめる。

「駄目だ。お前のような童が行くところではない」

「凡天は、いずれ天盆で世の中を変えるもの」王雪が散らばった小石を転がしながら言う。

「何でそんなこと分かるんだよ」

十偉の問いに王雪は答えず、小石を拾い集めている。

「そんな小石で何が分かるんだ」

「王雪の占いは当たるもんね」士花は王雪に笑顔を向ける。

「じゃあ、俺は何になるんだ」十偉の声の方に顔を向けて、王雪はしばらく何かを聞くようにしていたが、やがて無言で小石に目を落とす。

「何だよ。やっぱり分からないんじゃないか」

「分かってても言わない方がいいこともあるわ」

「なんだその言い方は。気になるだろう。言えよ」

しばらく小石をいじっていたが、王雪はやがて言った。

「十偉兄は、凡天を救うわ」

言われた十偉は、一瞬目を細め、すぐに笑い出した。

「それはない。それだけはない。俺はこいつが嫌いだもん。いいか、今俺たちがこんな風に街中から嫌われているのは、こいつのせいなんだぞ」十偉は立ち上がり、凡天を指さして言うが、当の凡天は盆に目を落として見向きもしない。その様子に苛立ち、舌打ちをする。

「疫病神《やくびょうがみ》なんだよこいつは」

「十偉」士花が布をはねのけて立ち上がる。「そんな風に言わないで」赤茶髪の下の目は、十偉を鎮《しず》める光を宿している。

「お前だって、飯食わないからこんなに顔が白いじゃないか」

「私はもともと白いの」士花は一転、にやっと笑む。

「そうよ。士花は綺麗だもの」と王雪。

「お前は見えないだろう」

「見えなくても分かるわ」

「そ、心の美しさは隠せないからね。大人になったらさぞや美人になるんだろうな、私」と士花は首を振り、「十偉、兄妹なんだから変な考え起こさないでよ」と勝ち誇ったような笑みを浮かべる。

「誰が起こすか」十偉は士花の額を叩く。

その時、食堂から三人姉妹の嬌声《きょうせい》が聞こえた。

行けば、厨房に野菜や肉の山が積み込まれているところだった。積まれる食材の周りで、三人姉妹はあれが作れる、これが作れると嬉々として指折っている。

「これ、どうしたの」静が腕組みして、食材をどこそこに置いてくれ、と指示する少勇に問う。

「俺の人徳だ」少勇は言う。

「それはない」静が答える。

二十二

事の次第はこうであった。

少勇は、賭け天盆に毎日入り浸った。賭け天盆には表裏あるが、いずれにせよ有象無象《うぞうむぞう》が集う。裏になればなるほど、闇に潜れば潜るほど賭け金が上がる。それに比して、素性を明かさぬ者も増える。素性を明かさぬ理由は様々あり、逃げている者、表を歩けぬ者なども多いが、実は表で地位のある者がお忍びで遠方の賭け天盆場に出没する、という場合もある。

少勇は顔馴染みになっている者たちに、賭け天盆に来ている大商人がいないかと訊《き》き歩いた。知った仲ゆえ教えてくれる者もいた。所詮裏の世界、李絶を疎《うと》む者妬《ねた》む者目障りと思う者も多く、夏街祭《かがいさい》の顚末《てんまつ》を知っており肩入れして口を開く者もいた。そうして聞き及んだ商人が出没する刻に合わせてその賭け天盆場にさりげなく出向いては、目当ての商人と盆を交え酒を交わし、また新しい人物を聞き出す、ということを昼な夜な行っていたのである。

そして、少勇は李絶と敵対する大商人を見つけた。ある夜、小さな地下の賭け天盆場で、篝火《かがりび》に駒影の揺れる天盆を挟んだ。相手は、顔の中央、額から鼻を通って顎まで、一文字に刀傷がある、名を明かさぬ男だった。

「お前があの夏街祭の事件の親だと」

「残念ながら」

「李絶の餓鬼を破った子は元気か」

「今は何とか」

「厳しいのか」

男は三白眼で少勇を見る。

「食材が手に入らず、食堂が立ち行かない」

「李絶か」

少勇は深刻な顔をしてみせる。

賭け天盆は進み、男が勝った。少勇は金を盆上に置く。男はそれを懐に入れ、立ち上がる。

「子は幾つだ」

「九歳」

「東盆陣で李絶の息子を叩きつぶせ」

そう言うと、男はある八百屋の名を告げた。

その大商人の息がかかった八百屋だった。

二十三

「天盆の家庭教師ですか」

「大工仲間が、倅《せがれ》を天盆士にしたいらしくてな。ゆくゆく塾にとは考えているらしいが、入れられるほどの金がまだないそうだ」一龍が麺を啜りながら二秀に説明する。

「だから正直いい稼ぎとは言えんが。どうだ」

「やります」あの祭以来、責任を感じていた二秀は己も稼ぎを入れられるという話に飛びついた。

あくる日より、二秀は昼間出かけるようになった。退屈に落とされたのは凡天である。天盆を交える相手がいなくなってしまった。家にある僅かな手引き本はとうにすべて頭に入ってしまっている。二秀以外の兄姉はもはや相手にならない。一度、七角八角二人を相手にしたのだが話にならなかった。

凡天は盆所に行くことにした。ところがどこの盆所でも入れてもらえない。夏街祭のことはすっかり知れ渡っており、凡天を入れたらどんな仕打ちを李絶にされるものやらと、どこの盆所でも入口で追い返された。中で天盆に興ずる人々は、ちらちら目に入ってくる、まるで囚人のように塀にかじりついてこちらを見ている小僧を気味悪がった。凡天は水をかけられて追い立てられた。

びしょ濡《ぬ》れで帰ってきた凡天に、兄姉は驚き、また一部は笑った。心配そうに九玲が拭《ふ》く。

凡天はそのお陰でしばらく大風邪に臥《ふ》した。寝言でも凡天は天盆を打っていた。九玲は親身に看病した。隣で喜んでいたのは、士花である。「臥せっているのがあたしだけじゃなくなったわ」自分の布も凡天にかけて、眠る凡天の額をゆっくりと撫《な》でている。

同じ頃、兄姉のもう一人にある転機が訪れた。

凡天の寝ている家へ食堂から慌ただしく駆け込んでくる七角と八角。

「静かにしなさい、凡天は病なのよ」九玲がたしなめるのも聞かず、二人はまくしたてた。

「六麗姉が、奉公に出る」

九玲だけでなく、十偉、士花、王雪も立ち上がった。「どこに」

「北街の名家だって」

南街の商人の間に流れていた六麗という娘の噂は、北街の商人連にも伝わっていた。必然、そうした商人が出入りしている家にも、裏戸口から広間から、美しく賢い娘の噂は入っていった。囁きのように広まる風聞に、とある武家の主人が興味を示したのだという。聞けば、歴史ある名家という。

使いの商人から、奉公に入らないか、という話が食堂に入ってきた。ただの奉公ではなく、金勘定の手伝いをしてほしいと思っておられるそうだ、と商人は茶を飲む。

貧しさゆえに子を奉公に出す家は多いが、少勇の口からそういう話が出たことはない。諾《だく》と応えたのは、六麗本人であった。

奉公入り前夜、家族全員でささやかな宴をした。桃の花が、どこかから中庭へひらりと舞い来る。六麗はその花びらを手に眺めていた。

「絵になるなあ」からかうように少勇が酒を手に傍らに座し、空を見上げる。

「向こうからの話だ。大事にされるだろうさ」

「この中庭の風を感じられなくなるのは少し寂しいけれど」

二人は、酒宴から少し離れて、風に頬を冷ます。

春を告げる風は、微かに花の香を含んでいた。

宴で七角と八角が、三人姉妹とやり合い、やりこめられている騒ぎがする。

「本当に喧《やかま》しいな」少勇は呆れる。

「この喧しさを聞かなくて済むようになるのは嬉しいわ」

「そうだな。武家の名家だ。さぞ厳かで静かだろうて」

「嘘よ」

「知ってるよ」少勇は庭を見たまま答える。「あっという間だな」

風が、流れる。

「私を拾った時、こんなに美人になると思った?」

「愚問だな。俺の女を見る目は、たとえ赤子だろうが見た瞬間にどんな女になり、どんな婆《ばば》になるかまで見通すのだ」

「容姿で拾う子を選んだの？」

「容姿は端麗《たんれい》に如《し》くは無《な》しだ」

「嘘つき」

少勇はくっくと笑い、酒を呷《あお》る。

「なぜ受けたんだ」少勇が問うと、六麗は宴を振り返る。

「だってこの家、煩《うるさ》いんだもの」

はっはっは、と少勇は笑う。六麗は杯を空ける。

「いつかは出なくてはならないもの。ずっと覚悟はしていた」

「それは本音か」

「自分の気持ちなんて分からないわ」

「賢いからな、お前は。何でも一人で為《な》せる」

六麗は手元に目を落として、小さく笑む。「臆病よ。士花や凡天みたいになれたらいいのにね」

「あんまり賢いと、物分かりがよすぎて苦労するぞ」

六麗は応えずに己の手元を見ていた。

「結婚という道もあったのだぞ」

六麗は、目を細める。宴に騒ぐ兄弟を見ていた。「いいの。私は意外と一途なの」

「誰のことかは聞かんでおこう」少勇はにやりと笑う。

注がれる杯を、六麗はまた一息に空ける。形のいい顎が残像として残る。

「さすが静の子だな」

少勇はことともなげに言う。「お前は、静に一番よく似ている」

風が、流れる。六麗は、髪を払う振りをして目尻を拭《ぬぐ》う。

「ねえ」

「何だ」

「あたし、どんな婆になる?」

少勇は愚問だな、と呟き、膝を叩く。

「そりゃあ美しい婆になるさ」

六麗は、手を上げる。

手にあった桃の花びらを、風に返した。

二十四

「凡天はどこに行った」

六麗が奉公に出てまもなく、凡天も臥《ふ》せっていた床《とこ》から復調した。緑の濃くなる季節が訪れていた。

家庭教師から帰った二秀が言った。家のどこにも、凡天がいない。

「まさかまた盆所に行ったのかしら」と三鈴。

「あんな目に遭《あ》ったんだから行かないでしょう」と四鈴。

「それでもめげないのは立派ね」と五鈴。

三人姉妹は店でも見ていない、と言う。士花に聞いても、そういえば、と首をかしげるばかり。九玲は不安な顔をする。

「昼まではいたんだけど」

「幾ら何でもあれだけの目に遭って行く馬鹿はいないさ」十偉が鼻を鳴らす。

「普通は行かないわよね」

「いや」二秀は腕組みをする。「凡天の天盆への執念を侮《あなど》らない方がいい」

その言葉に、兄妹は悪寒を走らせる。

「盆所を見てこよう」

七角八角と十偉も駆り出し、手分けして近くのいくつかの盆所に走る。しかし、どこにも凡天の姿はない。戻ってきた弟たちも、肩を竦《すく》めるばかり。長くなりつつある日がそれでも沈み、晩飯が済んでも、凡天は帰ってこない。

静もさすがに心配になり、帰ってきた少勇に告げる。

「女でもできたか」

「幾つだと思ってるの」

まだ夜は寒い。凡天の行方は杳《よう》として知れない。

「士花、もう入れよ」

十偉が、店の前に立っている士花に声をかける。

士花は、聞こえていないように、まっすぐ闇に目を凝らしたまま、細い体で立ち続けていた。ずっとそうしているのだった。最前から兄姉に入れ入れと促されているのだが、一向に従う気配もなく、暗くなった路で根が生えたように動かない。夜の寒さに堪《こた》えるそぶりひとつない。九玲が店の入口からその背中を見ていると、耐えかねた十偉が士花に近づいていった。

「おい」十偉が肩に手を置いても、微動だにしない。「お前が倒れるぞ」

しばらく前に静が肩にかけた布も、すっかり冷えきっていた。路の底に、闇と冷気が這っている。

「おい！」前に回り込んで声をかけようとして、十偉が言葉を呑み込む。

士花の顔は、血が通っていないかの如く白かった。そこにはどんな表情も浮かんでいなかった。ただまっすぐに闇を見つめ、口を結んでいた。ただ、凡天を待ち続けていた。

「なぜだ」

十偉は、絞り出すように問う。

「なぜそこまでする。なぜそこまで案じる」

士花は、白く輝くほどの顔を、十偉に向ける。

「家族だからに決まってる」

九玲はその言葉を店の入口で聞いた。その隣を、一龍がゆっくりと出ていく。もう一度探しに行くから、という一龍の説得で士花は家に入った。身体は氷のように冷たかった。何なんだ、と苦そうに言う十偉と、それをなだめる九玲に、一龍は苦笑いを見せる。

「誰かのために戦う奴に勝てるわけがない」

二十五

凡天は、夜半過ぎに帰ってきた。というより、戻ってきた。

賭け天盆場で血だらけになって倒れていたのである。それを見つけて、百楽門食堂まで運んできた者がいたのだ。

「黒蜥蜴《くろとかげ》」

出迎えた二秀がその者を見て驚く。

「こいつはどこまでいってもやらかす小僧だな」

黒蜥蜴は担いでいた凡天を少勇に渡す。凡天はぐったりと意識を失っていた。目には痣《あざ》ができ、鼻から口から血をとめどなく流していた。

「俺があの賭け天盆場に行った時にはもうこの有様だった」

黒蜥蜴は出された酒を呷りながら言う。静と一龍が凡天の体を仔細《しさい》に調べる。骨は折れていないようだったが、あちこちに擦《す》り傷打撲を作っていた。

「どうしてこんなことに」血まみれの凡天を見て九玲が涙ぐむ。

「まあ自業自得だな」

「賭け天盆場に行くなんて」

凡天は夕刻にふらりと迷い込んだように入ってきて、天盆を打ちたいと言ったそうだ。からかい半分に素人の天盆打ちが相手をすると、凡天が勝った。他の天盆打ちが興味を示して次々相手をしたが、次々勝ってしまった。

「最後の相手が辛孟《しんもう》だったのが悪かったな」

「真剣師か」

「真剣師は金を賭けぬ盆は打たん。素人さ。だが強い。泥酔していた辛孟が殴る蹴るに及んだそうだ。武官だが小さい奴なのだ。しかし、いつかこいつは天盆で命を落とすんじゃないか」黒蜥蜴は苦笑しながら酒を呑み干し、立ち上がる。

「負けたのですか」

二秀が問うと、振り返って黒蜥蜴は答えた。

「全勝だったそうだ」

ふと気づくと、士花が黒蜥蜴の前に立っていた。士花は真っ白い両手で、黒蜥蜴の浅黒い手を取ると、それに額をつけるように頭を垂れた。黒蜥蜴は眉をひそめ、その赤茶髪を見ていたが、やがて、ふ、と笑う。冷てえよ、と己の手を抜きとった。

「恩に着る」少勇が言う。

「いつか返せよ」黒蜥蜴が出て行った後、家族は傷だらけの凡天を見下ろした。

「止《と》めなきゃ、死ぬまで天盆を打つんじゃないか」一龍が額をかく。

少勇は酒を空ける。杯に注ぎながら、まあ、と呟く。「好きなように生きればいいさ」

凡天は、静の腕の中でぐったりと横たわっている。

二十六

さすがに今度ばかりは家族も頭を悩ませた。凡天の天盆狂いは度を越している。今は怪我で動けないのが幸いだが、治り次第また天盆を求めてどこへ行くか分からない。天盆ができるなら地獄にさえ喜んで行くのではないか。

ところが、どうしたものかと思案する家族に、渡りに船の話が飛び込んだ。二秀が家庭教師に行っている大工が、二秀の人柄の良さを気に入り、盆塾に行けないのは才能の浪費だと、かつて仕事を請け負ったことのある盆塾に話をつけてくれたのだ。二秀は弟も一緒に入塾させて欲しいと頼み込んだ。

傷も治り動けるようになると、早速二秀と凡天は紹介された塾へと赴《おもむ》いた。言われた場所に辿り着くと、そこには小奇麗な道場があった。入口に「想価塾《そうかじゅく》」と書かれた札が下がっている。

塾長は、こざっぱりとした身なりの老人で、紳士然とした風情で二人を歓迎した。

「真汪《しんおう》と申します」にこやかに塾長は言った。

「二秀と凡天です。この度は入塾をお許し下さり、有難うございます」

「李絶殿との件は聞き及んでいます」

道場の中では、十人ほどが天盆を交わしている。いずれも折り目正しく、装いもよい。静かな昼下がりに、ぱち、ぱち、と駒を指す音が涼しい。よく見れば、並んでいる天盆も駒も木製でなく翡翠《ひすい》製であり、駒音も透き通るように高く、鮮やかな緑の石板に人々が向かい合う様は歌の風景のようであった。

「天盆とは天を統《す》べる技です。天盆に冴《さ》えた者が権勢を振るうはこれ自然なれど、権勢が天盆の勝敗を歪《ゆが》めるなど言語道断。ここ想価塾では価値ある者が天盆修練に打ち込める環境を用意しているつもりです」

柔らかな口調に二秀は胸をなで下ろす。「宜《よろ》しくお願いいたします」と頭を下げ、凡天にも頭を下げるよう促す。

「早速だが、まずは掃除から始めてもらいましょう。天盆に向かう塵《ちり》なき心は、塵なき場より生まれます。後の細かいことはこの徐意《じょい》に尋ねてください」傍らに座す、禿頭の青年が「こちらへ」と立ち上がる。

道具はここ、掃除の手順はこう、と口頭で手ほどきを受け、二人は掃除を始める。その日は、掃除をして一日が暮れた。あくる日も掃除を命じられ、一日中二人は掃除に明け暮れた。翌日もその翌日も、二人は厠《かわや》を掃除し、庭を掃き、床を拭いた。

目の前に天盆があるのに打たせてもらえない日々が続き、凡天は次第に大人しくなっていった。二秀は、凡天を諭《さと》す。

「よいか。天盆打ちは天盆だけできればよいというものではないのだ。お前は天盆は強くなっているがそれ以外のことがからきし駄目だ。それではよい天盆士になれぬぞ。これもよい修行なのだ」

二十七

ところが、季節が変わっても一向に天盆に向かわせてもらえない。塾生にまで使いを頼まれたり、茶出しまで命じられる始末である。なぜ、徐意《じょい》の親をはるばる家まで出迎えに行き、重い包みを持って塾まで案内せねばならないのか。そういえば真汪《しんおう》はよく徐意と天盆を交えていた。徐意は、塾生の中でも殊更《ことさら》に目をかけられていたのである。

ある日紙を買う使いに出された二秀が戻ると、道場は熱気がいつになく高まっていた。紙を徐意に差し出せば「天譜屋《てんふや》に渡せ」と言われる。にこにこした人の良さそうな親父が二秀から紙を受け取り、天盆の指し手を書き記していく。たまに道場で見かける親父である。塾生ではない。聞けば、「天盆が好きで、方々の塾や盆所に出没しては、対局の天譜を記して回っているただの好事家」だと言う。なぜその親父に、塾で買ってきた紙を渡すのか、といぶかしんで様子を見れば、どうも塾内戦が行われているようなのである。定期的に行い、塾の筆頭を決めるその試合からも、己と凡天は弾《はじ》かれていたのだ。

さすがに二秀もおかしいと思い始める。だが徐意に問うても「想価塾の掟《おきて》です」との答えが得られるだけ。埒《らち》が明かぬと真汪に直談判する。

「天盆さえしていればよいという心づもりでは、その者の指す天盆は先細ります。こうしたことを根気よく続けることのできる心を鍛えてこそ、技が太くなるのではないでしょうか」

己が凡天に諭したことそのままゆえに、真汪の言葉に引き下がるしかなかった。二秀は考えを改めた。このままたとえ塾で天盆が指せずとも、塾にいる限り、東盆陣《とうぼんじん》に出ることができる。それでよいではないか。

ところが、街中に黒と赤の旗がたなびく東盆陣の季節になると、二秀と凡天は東盆陣に出さない、と真汪が当たり前のように言ったのである。勿論二秀は問い詰める。

「今年こそは何としても永世塾の永涯《えいがい》の登陣を阻止せねばなりません。想価塾としても万全を期して臨まねばならないのです」

「凡天はまだ歳が達しておりませんので仕方がありませんが、私が出ればこの塾の駒が一枚増えるのですから、望ましいはずです」

「塾として恥ずかしくない戦いをしなければなりません」

「恥ずかしくない腕は持っていると自負しております。塾内で盆を指させて頂ければお分かり頂けるはずです」

「時期尚早《しょうそう》です」

二秀も馬鹿ではない。いよいよおかしいと、真汪の庵《いおり》で姿勢を正す。

「最初に先生は、この塾は天盆修練に打ち込める環境と仰《おっしゃ》られた。あれは偽りですか」

「偽りではありません。価値ある者が天盆修練に打ち込める環境を用意します。そう申し上げました」

「価値ある者、とはどういうことですか」

金のことであった。気づいてしかるべきだった。いや、心のどこかで薄々気づいてはいたのだった。己が運んだ包みの中身が金であること。金をより多く真汪の懐に入れた者が優遇されていたこと。徐意はちっとも強くなかった。

「貴方《あなた》がたは李絶殿に目をつけられている。街を敵に回しているようなものです。置いてもらっているだけでも有難いと考えて然《しか》るべきではないでしょうか」

真汪は面と向かって二秀にもの柔らかに言った。事実ではある。だがこれ以上ここにいても仕方がない。そう二秀が腹を決めた時、道場の方から騒ぐ声が届いた。

東盆陣を間近に控えた追い込み時で、道場は気が立っていた。その中で最も気合が入っていたのは徐意で、彼は今まで東盆陣に幾度出ても一勝もできておらず、官吏《かんり》の親から毎日罵倒され、今度の陣で勝たねば勘当であると脅迫されていた。

徐意は追い込みとして、最も年少の塾生と対局していた。陣を前に快勝して、勢いをつけて本番に臨もうという腹積もりであった。相手は童だけあって、目論見《もくろみ》通り珍しく大勝できそうであった。そこへ、いつものように茶を出した凡天が、気分のよくなった徐意が童のことをあまりに嘲弄《ちょうろう》していたのもあって、つい我慢できずに童方の逆転筋をぽろっと口に出してしまったのである。気づいた童はぱあっと顔を明るくしてその手を指そうとするのを「ちょっと待て」と徐意は止めたが、傍らにいた天譜屋まで「おお、そりゃいい」とその手を天譜に記そうとするものだから「書かんでいいっ」とついに大声を張り上げ、凡天に半泣きで殴りかかったのであった。

道場は暴れる徐意で稽古どころではなくなり、真汪自慢の道場は修羅場と化した。二秀は凡天を抱えて塾を逃げ出し、二度と戻らなかった。

二十八

「なぜ天盆をするたびに傷が増えるの」

九玲は泣きそうな顔で凡天を手当てした。「呪われてるんだよ」と十偉が傍らで言う。もはや九玲も否定しなかった。

二秀はまた家庭教師に専念することにした。凡天はまた相手を失った。七角と八角は一龍について大工見習いを始めていたので家にいなかった。十偉は天盆を打ってくれなかった。

三人姉妹が、暇ならば店を手伝うべし、と凡天に配達を命じるようになった。十偉に教わり、できた飯を近所に運ぶ。頃合いを見てまた訪れて丼を下げてくる。凡天は黙って働いた。配達の行き帰りに通り道の盆所でじっと中の対局を覗いていて、しばらく帰ってこないことがしばしばあったが、それくらいならばと兄姉は目を瞑った。

ところが、百楽門食堂に苦情が入ってくるようになった。配達された飯がひどく少ない。来るのが遅い。冷めている。どうも調べてみると凡天が行った配達先ばかりから来ているようだ。試しに凡天が配達に行くところを十偉がつけていくと、泥濘《でいねい》にはまったりよそ見をしたりして飯やら汁がばらばらと道にこぼれている。盆所を覗いて道草を食っているから飯が冷めていく。後ろから野良犬が飯を盗み食べているのに気づかない。

「あんなに天盆は腕が立つのに」と三鈴。

「それ以外のことはからきしなのね」と四鈴。

「本人はいたって真面目なのが尚更《なおさら》哀れね」と五鈴。

三人姉妹が珍しく、憐《あわれ》みの目で凡天が出ていく姿を見ていた。

雪の日、出かけるのを厭《いと》う十偉によって送り出された凡天は、出前の帰りに例によって盆所を外から覗いていた。手が赤くかじかんでいるのも構わずに、中の大人の対局を飽かず眺めていた。

「おお、想価塾を追い出された坊主じゃないか」

声に振り返ると、えびす顔の天譜屋《てんふや》がいた。

「なぜ中に入らんのかな」

「入れてもらえない」

天譜屋がにこにこと見ると、童の足は雪に埋まり始め、肩にも雪が薄《うっす》らと積もっていた。

「手もそんなに赤くなっているじゃないか。寒くないのか」

凡天は中の対局がどうなったのかと気が気でない。覗こうと幾度も背伸びする凡天をしばらく眺めていた天譜屋は、楽しげに問うた。

「坊主、そんなに天盆が好きか」

覗くのに夢中の凡天は、中を見たままこくこくと頷いた。

それを見て、天譜屋は嬉しそうに目を細めた。

「坊主、よいところに連れてってやろうか」

凡天は天譜屋を振り返る。

「天譜は読めるのかな」

「読める」

「もし興味があればついておいで」

天譜屋はそう言って、雪の中を歩きだす。凡天は、走ってその後をついていった。

二十九

えびす顔の天譜屋と、その後ろから凡天が、白い街を歩いていく。

着いたのは、河原にある壊れかけた蔵であった。天譜屋について、凡天は蔵に足を踏み入れた。

凡天の周り、大きな蔵の見渡す限りに、天譜が積み重なっていた。壁には棚が設けられていて屋根まで天譜が積み重なり、そこに収まりきらずに床にも直接積まれていくつも山ができていた。見上げれば、壊れかけた中二階も天譜で足の踏み場もないようであった。

屋根の隅の崩れたところから、雪がちらちらと舞い落ちてくる。

凡天は手近に積み重なっている天譜を手に取る。びっしりと譜が記されている。また別の天譜を取る。すぐに周りの景色が目に入らなくなる。夢中になって天譜を読みあさった。

その様を見て天譜屋はにこにこと笑うと、焚き火を熾《おこ》す支度を始めた。

「寒いな」

突然、中二階から嗄《しわが》れた声がした。天譜屋は大きな声を出して応える。

「今、火を熾しますゆえ」

誰かがのっそりと起き上がり、階段を降りてくる音がする。

「その童は誰じゃね」

己のことかと凡天が顔を上げて見ると、汚い布にくるまった翁《おきな》が己を見ていた。

「天盆が好きな小僧でして。これほど天盆に憑《つ》かれている小僧は見たことがありませぬ」

「そなたも同じようなものではないか」

蔵の真ん中、地面が見えている場所に火を焚きながら、天譜屋はわはは、と笑った。翁は、熾り始めた火に近づくと、近くの天譜の小山に座り、布から手を出して火にかざした。

「雪か」

「今年は早いようですな」

「寒いのは難儀だな」

「東盆陣を征した永涯《えいがい》は、今年も天盆陣では敗れたそうですな。東盆陣の最終戦では是《ぜ》城《じょう》相手にあれほどの強さを見せていたのに、分からぬものです」

天譜屋の長話を聞いているのかいないのか、翁は頻《しき》りに手をさすっているばかり。

凡天は乞食と見紛《みまが》う翁の相貌に見入っていたが、やがてその後ろ、屋根の穴からこぼれる光の射している一角へと目が及んだ。

古びた天盆が、射す光の中に静かにあった。

その天盆は石でできており、黒かった。今まで凡天が家で、盆所で、盆塾で見た木製や翡翠製のものと異なり、西瓜《すいか》を真っ二つに割ったような半球をしている。切断面にあたる平面を上に、球の部分から四つの足が出て、床に置かれていた。駒は逆に白い石でできていて、黒い盆上に刻まれた縦十二横十二の升目に整列している。表面の黒さには濃淡があり、ところどころに白い筋が走っている。黒がまるでそこここで瞬《またた》いているような錯覚を覚えた。

天盆は不思議な黒さを湛《たた》えて、夜天のように深く静かにある。

「天盆がそんなに物珍しいか」

翁が声を発した。凡天は、白髪と髭だらけの顔の奥から己を見ている双眸《そうぼう》に気づいた。

「爺ちゃん、天盆打つの？」

凡天が問うと、翁は面白い話を聞いたようにほ、ほ、と笑う。

「そうなあ、ほんの嗜《たしな》みじゃがな」

それを聞いて、凡天は持っていた天譜を落とす。

「天盆やりたい」

その勢いにまた翁はほ、ほ、と笑う。

雪のちらちらと舞う天盆を挟んで、凡天と翁は座る。床には、どこからか引っ張り出した布が敷いてある。

「名は何と言う」

「凡天」

「面白い名じゃな」

駒を並び終えると、翁はすうと背筋を正した。天から降り落ちる雪の中で、翁は淡く光っているようにも見えた。

「お願いします」翁が言う。

「お願いします」凡天が続く。

三十

凡天は初めての感覚を味わっていた。

久方振りに天盆ができる喜びのあまり、凡天は序盤から攻め手を相次いで繰り出した。翁は特段考えるそぶりも見せず、飄々《ひょうひょう》と手を返してくる。盆上では、凡天の攻め筋が一手また一手と進められている。ほぼ自分の望むとおりの盆運びになっていると凡天は感じていた。

だが一方で、翁が困っているとも思われなかった。己の思い通りになっているのに、それさえも翁は読み切っているのではないかという感覚にもなぜか頻《しき》りに襲われる。まるで翁に許容されているような、翁の掌《てのひら》の中で打っているような気がして仕方がなかったのである。

凡天は手を止めた。翁はほう、と手を止めた凡天を珍しそうにちらと見る。

凡天は思案していた。この奇妙な感じは確かなのだろうか、それともただの錯覚か。このまま流れに沿って手を進めれば、いずれ流れははっきり寄るだろう、と思えた。しかし、この感覚を放置したまま進めるのは気持ちが悪い。もし仮にこの感じが正しかったら、いずれ自分が見落としている形で流れをひっくり返されるかもしれない。

凡天は、一気に急戦を仕掛ける攻め手を放った。

その手を見て、翁は髭をゆっくりさすった。髭の奥の口元が、微かに笑んでいた。

そのまま静かに、次手を打つ。

刹那《せつな》、凡天は決定的な悪寒を感じた。急所を衝《つ》かれたことを頭よりも先に本能が悟った。

そこからは一瞬であった。

「参りました」凡天が頭を下げた。

翁は満足そうに笑んで、手を布の中に入れた。

「我慢が足りなかったの」

凡天は理解していた。あの思案の時、己が流れの上にある手でなく、流れを無理に速めようとする手を打った。その手が生んだ歪みを一突きされたのだ。しかしそれではさて、ずっと感じていた翁の掌の中にある感覚は錯覚だったのか。

具体的な指し手の善し悪しではなく、もっとはっきりとしない何か、その何かで負けた。そう感じたのは初めてであった。

「天盆とは、流れじゃ」

翁は駒を見ながらなんとはなしに言った。

「二人の人間がおり、盆上に流れができる。だが、その盆上の流れは、二人の人間より大きい。そう思うことはないかな」

凡天は、翁の言っていることが分かったようで分からない。

「手を止めたということは、流れを感じていたということ」

天譜屋は後ろから声をかけてきた。「家に帰らなくても大丈夫かな」気づけば、外が暗くなり始めていた。焚き火がいよいよ明るくなっている。

翁は笑んだ。
「また来るがええ」

三十一

あくる日から、凡天は翁の蔵に入り浸った。翁はしばしば居なかったが、その時は山と積まれた天譜を次から次へと読み続けた。翁が帰ってくれば、一局打った。凡天は蔵へと飽かず通い続けた。

と、いうことはどういうことか。朝一軒目の出前にでかけると凡天は帰ってこなくなったのである。夜、きちんと下げた丼を持って帰ってはくる。

「一日一回の配達とはどういう了見だ」と十偉。
「苦情は減ったね」
「また天盆か」
「まあ怪我もしていないようだし」

三人姉妹は、さほど気に病んでいない。

凡天は、二秀も蔵へと連れて行った。蔵の中に入った二秀は驚嘆した。天譜の山をよくよく見分してみると、それは昨今の対局に限られていない。街の盆所で行われた対局の隣に、昔の天盆陣の名局と謳《うた》われる天譜がある。

「これはこの街で行われた対局だけではないのですね」

「翁の頭の中にある古今の譜を片端から書きだしたのですよ」天譜屋がにこにこと言う。

「貴方がですか」

「翁が一手ずつ朗々と仰るのを、私が書きとめていったのです。いやいや、楽しい時間だった。だがそれもあらかた書きとめてしまったので、仕方なく街の盆所や盆塾を回って面白そうな対局を書き記している、という訳です」

「何という数だ」二秀は周りの天譜をぐるりと見回す。「貴方は一体」

「私はただの天盆好きです。好事家だ。腕が良ければよかったのだが、その才は与えられなかったようで。凄いのは、私ではありませぬ」

二秀も、翁と一局交えた。完敗だった。完敗ではない、戦いにさえなっていなかった、という感触だった。たとえ相手がどれだけ強くとも対局中は同じ盆上を見ているのだ、とこれまでは常に思っていた。だが、翁は見ているものが違う。見えているものの大きさが違う。どれだけの天譜が頭に入っていれば、どれだけの天譜を研究していればこうなるのか。

二秀は、取り巻く天譜の山を見上げた。

「貴方は一体」天譜屋に言ったのと同じ言葉を口にする。

「天盆を前に、肩書は無意味じゃろうて」

「盆所で、一局も指さずにずっと座っているだけの人がいましてね」天譜屋が、翁がいない時にぽつぽつと話した。

ただ端っこに座っているだけで、初めて見た時から乞食みたいな格好をしているのです。ところが指しもしないのにどこか楽しそうで、何が楽しいのだろうと思って、訊いてみたのです。

駒音を聞いているだけで楽しい。

「と、こう言うのです。だから、ならば一局私と指さないか、と誘ったのです。そしたら貴方、三局やって三局とも負けました。私も相手の強さくらいは分かります。只者《ただもの》ではないと思いました。でも、氏素性は教えてくれません。私も実は知らないのですよ」天譜屋はにこにこと話す。

貴方は一体何者ですか、と問答しているうちに、天盆談議に花が咲きましてね、そのまま呑みに行って、やれ一昨年の天盆陣の天上戦《てんじょうせん》は名局だっただの、慶駿《けいしゅん》の天盆舞《てんぽんぶ》の八士白師は神手だっただの、と暁《あかつき》まで盛り上がってしまったのですが、翁が次から次へと古今の天譜を諳《そら》んじるその量にこちらは目を白黒させてしまいまして、どれだけ暗譜しているのか、それならば試しにいくつか書き起こしてみようと始めたら出てくる出てくる、では次はその前の年の天盆陣の茶軒《さげん》対倶楽《ぐらく》を、なんて言ってみたらつらつらと諳んじ出す、私も楽しくなって書き写す、こうして二晩目が暮れていきましてな、三日目の朝に、これは本腰を入れてやらねば、ということで天譜写しを始めたわけです。

その三日がさぞ楽しかったのだろう、天譜屋はうっとりする面持ちで昔語りをしている。

「この蔵は私が商売をしていた頃の蔵です。火事で女房子供を亡くしましてね。商売も小さくしてほぼ手仕舞いにした。それ以来空いていたのです。翁は住むところも定まっていないと言うので、ではここにと相成った訳です」

できることならもう一度すべて書きなおしたいと言わんばかりに天譜を見回している。

「ただの好事家とは思えませぬ」二秀が言う。

そうでしょうね、と天譜屋は頷く。

「ただ世が世です。なくしたい名のひとつやふたつあっても不思議ではない」

天譜屋が天譜を見ていたのか、蔵を見ていたのか、二秀には分からなかった。

三十二

新年の天盆舞《てんぼんぶ》を、天譜屋の手引きで盆所にもぐりこんで観戦した。叫びながら走りゆく天伝士《てんでんし》が次手を伝えるたびに、凡天は興奮しきりであった。

蓋《がい》の国には、天盆にまつわる二つの大行事がある。ひとつは、秋に行われる天盆陣。国を東西南北の地方に分け、東部であれば東盆陣と呼ばれる、東部の代表者を選ぶ戦いが行われる。各地方の代表者は登陣者《とうじんしゃ》と呼ばれ、天盆士の資格を与えられる。東西南北を代表する四人の天盆士が、頂点を争うのが天盆陣である。天盆士になれば地方の名士となり、国の政《まつりごと》に参与することさえ夢ではない。家の名誉を、村の救済を背負って、国中で人々がこの天盆陣目指して研鑽《けんさん》するのである。

そしていまひとつの行事が、年始の天盆舞である。

都で行われる天盆舞は年賀奉納の祝事だ。国を司《つかさど》る天守座《てんしゅざ》によって選ばれた二人の天盆士によって行われる天盆である。その様子は国中に張り巡らされた天伝鐘《てんでんしょう》および天伝《てんでん》士《し》という走者網によって音と口で中継される。国のどこに住んでいようと、この天盆舞の行方を生で愉しみながら酒を吞むのが、年賀の過ごし方なのである。

そんな二秀の説明に耳を貸しているのかいないのか、凡天は天盆に夢中である。

「これはひょっとして、白斗《はくと》様の方がやや良しではないか」

例年に輪をかけて今年はこの天盆舞、話題となっていた。理由は、選ばれた二人のうちの一人が、白斗という、十歳になったばかりの子だったからである。

「お前と同い年だな」盆所の真ん中で打たれている天盆舞の再現盆を眺めながら二秀は言った。蓋の国では、年始に皆一様に歳を重ねる。凡天も、この年明けで十歳になったというわけだった。

「天盆士なの？」凡天は背後の二秀を見上げる。

「いや。天盆陣に参加できるのは十歳からだ。お前も白斗様も、参加できるのは今年からになる。だから白斗様は天盆士ではない」

「じゃあなぜ出られるの」

「白斗様はな、今の天代《てんだい》の孫なのだ」

「天代って何」

お前も十になったのだから知っておかねばな、と前置きして二秀は続ける。「天代とは、この蓋で最も偉い方だ。天代を中心にした十二名こそ、蓋を統《す》べ政を司る天守座なのだ」

「天盆みたい」凡天が無邪気に言う。

「そうだな。十二という数は神聖な数なのだ。この国を拓《ひら》いたのも十二名の武人だった。その将こそ白翁《はくおう》、蓋の国の始祖。天盆を作ったのも白翁と武人達であったと伝えられている」

白翁は、武人たちを率いて周辺国から独立を果たし、蓋の国を興《おこ》す。しかし小国ゆえ、常に外敵に脅かされ続けた。そこで才ある者を見出し登用する術《すべ》として天盆が活用されていたが、徐々に広まり民の娯楽として定着し、国戯となった。

「今の天代は、その白翁の末裔《まつえい》なのだ」

凡天はしばし何かに思いを馳《は》せるように目を天に向けていた。「じゃあ天守座も、みんな天盆士なの」

二秀はその問いに、目を落として静かに答える。「そうだ」

ひとつため息をつき、そうなのだがな、ともう一度呟く。

ふーん、と興味を失って凡天は盆に目を戻す。二秀も盆を見る。白斗の相手は名人と名高い天盆士井皇《せいおう》。名人を相手取ってここまでの盆戦を作っているだけでも、僅か十歳の白斗が天与の才を持つことが知れた。

白斗の次手を皆が口々に予想し合うが、諸説紛糾《ふんきゅう》している。

「難しい局面ですな。凡天ならどう指しますかね」天譜屋が隣の凡天に尋ねる。じっと盆を睨んでいた凡天は、「六六馬」と答える。「なんだその手は」と聞いていた酔っ払いが、がははと笑う。

直後、天伝士が外を「六六馬」と叫びながら走り去っていった。

凡天はにこりともせず、盆をじいっと飽かず睨んでいた。

その年の天盆舞は、二百手の激戦の末、白斗が制した。国は新しい血に震撼した。

三十三

凡天と二秀は、蔵での研鑽を続けていた。

凡天は朝から晩まで入り浸り、天譜の山に埋もれて過ごした。

ある日二秀が蔵に迎えに寄ると、凡天は天譜にまみれて眠っていた。周りにある天譜をいくつか何気なく手に取って、ほう、と二秀は目を見張る。すべて天槍《てんそう》が打たれている盆戦だったのである。そういえば初めて凡天と対局した時、天槍で破ったことを思い出す。こやつにも負けず嫌いなところがあるのか、と苦笑する。

二秀も家庭教師の時以外はほとんどを蔵で過ごすようになり、翁との対局、あるいは古今の名天譜を吸収することに努めた。時に翁は凡天と二秀それぞれと同時に対局する二面指しをすることもあったが、それでも二人は勝てなかった。

留守がちな二人にどこに行っているのかと問う九玲にも、二秀は天譜の稽古、と告げるのみであった。二秀は我知らず、天盆に再び熱中し、己の腕が向上することに熱中していたのである。

もともと二秀は定跡研究を軽んじてはいなかった。しかし家が豊かではないゆえ、手に入る天譜は限られており、それでよしとするしかなかった。ところがこの蔵で膨大な天譜を頭に入れていくにつれて、己の戦い方が少しずつ変わりゆくのを自覚した。膨大な天譜に触れることで、既に定跡とされている手筋が己の思っていたよりもずっと多いこと、また既に実戦で繰り返し現れ、展開の白黒が明らかになっている道筋も多くあることを知っていった。すると実戦においても展開が定跡筋の上にあるのかどうかが分かるようになり、その筋で行くとどういう勝負の流れになるか、勝負の分岐点がどこになるのか、の判断がより迅速《じんそく》になり、その結果、その定跡筋をどこで離れるか、どこで勝負をかけていくべきか、という大局観が豊かになっている己に気づくのであった。

これが翁の見ている世界、のとば口なのだと悟った。先人の残した天譜、定跡、その地層の上に立って見える景色はこれほどに豊かなのか。二秀は変わりゆく己に身震いを禁じ得なかった。

「たとえば神手《しんしゅ》という言葉がある」

翁は白湯《さゆ》を飲みながら話す。

「誰も思いつかぬ神のような手を言う。だがそれも流れの先に生まれるもの。実力の差がある者同士が打っても出てはこない。神手は、流れの果てに、打たねばならぬ時に出てくるものであり、降りてくるものなのだ」

打たされるのかも知れぬな。翁はほっほと笑う。誰にですか、と二秀は問うが、誰にじゃろうな、とまた笑う。

しばし白湯を啜る音のみが聞こえる。

やがて、翁が口を開く。

「手が肝要なのではない。今いかなる流れかを感ずることこそが肝要なのだ」

それが次の手を教えてくれる。翁の言葉に二秀は耳を澄ます。

「これだけの天譜があれど、尚この盆上で創り得るすべての譜が打ち尽くされた訳ではない。むしろここにある天譜など砂丘の砂一握《いちあく》に過ぎぬ」

翁は訥々《とつとつ》と語る。「知は判断を速くもしよう。じゃがどのような対局でも、どれほど定跡をなぞっておっても、いつか未知の手に踏みだすしかない瞬間が来る。その先は誰も分からぬ。分からぬとは苦しい。分からぬまま進むとは苦しい。それでも、分からぬことを恐れずに飛びこめるか」

二秀に対峙《たいじ》する翁はいつも変わらない。

「天盆を打っているのではない。天盆に試されているのじゃ」

翁の言葉をひとつひとつ刻みながら、二秀はますますのめり込んでいく。天盆を楽しいと思うのは、いつ以来であっただろう。久しく、天盆は己にとって苦しいもの、そして辛いものになっていた。新たなものが見える喜びに酔いながらの日々は、光陰の如く過ぎ去って行く。他のすべてが目に入らぬほど二秀は天盆にのめりこみ、天盆を指す喜びに耽《ふけ》った。

二秀と凡天が、いつものように夜半に家へと戻ると、家の外で泣き腫らした九玲が待ちかまえていた。何も言わず、九玲は二秀の胸を叩いた。何度も何度も叩いて止まらない。

二秀はその剣幕に戸惑うしかない。

「どこへ行っていたの」

三十四

士花《しいか》がこの世を去ったのは、その夜半過ぎであった。

以前から白かった肌は、仙人の花のように白く透き通っていた。士花の病は、治す手立てのない病だった。薬で和《やわ》らげ遅らせることはできるが、その薬も手に入りにくくなっていたのだった。

駆け寄る二秀と凡天を認めた士花は、弱々しく微笑んだ。士花が霞《かす》んで見えるのは、己の涙のせいか。口が小さく動く。二人は顔を近づける。

「国で一番の天盆打ちになってね」

九玲が顔をそむけ嗚咽《おえつ》する。士花は凡天の小さな手を握っていた。二秀はなす術なくその赤茶髪と白い顔を見つめていた。兄姉が、静が、そして少勇が、周りで立ちすくんでいた。

河は雪解けを集めて流れている。

万物の芽吹く匂いが、風とともにあった。

二秀は河原に立ち、じっと、対岸を見ている。

「強くなるには、どうすればよいのでしょうか」

傍らに立つ翁へ、問うた。目は対岸の、さらに先を見ているようでもあった。

「強くなりたいのかね」

翁は問い返す。

水の流れゆく音だけがあった。

「私は、浮かれておりました」

何かを噛み殺すように、二秀は言葉を継ぐ。

「才もないのに諦めもせず、この歳まで仕事にも就かず甘え続けながら、楽しい楽しいと浮かれていたのです」淡々と、しかし黒い何かがはっきりと刻まれた声で、絞り出すように吐き出した。「病で死のうとしている妹を、忘れていたのです」

「士花がこんなに苦しんでいると、知っていたのか。士花がこんなに苦しんでいるのに、お前らは何をやっていたんだ」十偉の声が今もまた耳を裂く。

「私が仕事に就き金を稼いでいれば、よいものを食べさせてやれた。薬ももっと買えた」

「あるいは天盆士になれておれば、死なずに済んだであろう、とでも考えるか」

翁は朗々と言う。

二秀の顔には、どんな表情も描かれていなかった。

「翁」

二秀は強い風になぶられながら、動かない。

「なぜ、私は負けるのでしょうか」

「勝ちたいか」

「勝たなければならなかった。勝ち続けなければならなかった」

翁は対岸を見たまま問う。

「なぜ、勝たねばならぬ」

奥にある何かを抑えるように、二秀は顔を歪《ゆが》める。

「勝たなければ、得られないではありませんか」

「勝つとは、なんだ」

翁の声は、聞いたことがないほど低いものだった。

その圧に、二秀は言葉を失う。

だが翁に変わりはない。目の奥は見えない。すぐに翁の声はいつもの飄々《ひょうひょう》としたものに戻っている。

「勝つのは簡単だ」

翁は二秀を見上げる。

「それを最も愛する者が勝つのだ」

その言葉に、父、少勇のむせび泣く姿が浮かんだ。

少勇は、弱りゆく士花の傍らを離れず、慟哭《どうこく》していた。どの兄妹よりも、静よりも、人目など顧《かえり》みずに、士花だけを見て泣きじゃくっていた。

「すまないなあ、士花」士花の赤茶髪をなでながら、何度もそう言った。俺がふがいないばかりに、と。情けないほどに、涙で顔を汚していた。

それは見たことのない、父の姿であった。

士花の息がとぎれとぎれになっていく。

少勇は士花に顔を近づける。

士花の目が、それを認めて一度、まばたく。

「俺は、お前と一緒で幸せだった。お前がいて本当に幸せだった」

士花の口の端が、薄く、笑んだ気がした。

その口が何かを、呟いた、ように見えた。

最後の息が、士花から離れていく。

少勇は士花を抱きしめた。

士花が最後に見たものは、少勇の声と涙と温もりであっただろう。

あの父が、あの少勇が。泣いているのさえ初めて見た、父のその姿を、二秀はただじっと見ていた。

父は、あれほど士花を愛した父は、勝っているのか。

どれだけ愛していようとも、救うことはできない。

どれほど愛していたとしても、敗れる定めにある。

二秀には、少勇が勝っているとは思えなかった。

それでも、外聞にも矜持《きょうじ》にも構うことなどせずに土花を抱く姿が、目に焼きついた。

三十五

二秀は迷いの中にいた。

何も考えず、己と凡天を入れてくれる塾を探して街中を回った。断られれば次へ、断られればまた次へ。門戸の前の地面に座して頭を下げ、門前払いする者の裾にすがった。日が昇ると出かけ、犬さえ眠った後に帰り、泥のように眠った。

七角八角は、逞しく日に焼けた体となり、大工として現場を駆け回るようになっていた。息の合った二人一組として方々に名が知れるようになった。

凡天は、変わらず、蔵に通い詰めていた。一晩二晩帰らぬことも多くなった。あまりに戻らぬ時は、心配する九玲の意を汲《く》んで二秀が蔵へと様子を見に行くと、天譜の海で溺《おぼ》れるように眠っている姿を見つけるのであった。

夜に戻らぬことがあるのは、凡天だけではなかった。昼は食堂の出前や食材調達を仕切るようになった十偉も、外に仲間ができたのか、夜通し外で過ごして、朝に帰るようになった。とある夕刻、現場から帰る一龍が、十偉を南街の裏通りで見かけた。一龍が静にだけそれを伝えると、静は鍋を洗いながら、「そう」と笑うばかりだった。

百楽門食堂の家からは、人気が少しずつ薄れていった。賑やかだった家の中には日陰だけが居座るようになった。中庭から夜空を眺める者もいなくなった。

その静けさが、破られた。

雨の昼下がりだった。

凡天の体が床を滑り、箪笥にぶつかる。その衝撃で上の小箪笥が落ちて直撃し、痙攣《けいれん》するように凡天の体は一度波打ち、静まりかえった。

「やめて十偉」九玲が十偉に縋《すが》って止める。

十偉は肩で息をしていた。殴ったせいではなく、己の中の激しい憎悪が溢れ出ているせいだった。

「なぜ、まだ天盆なんてやっているんだ」

凡天は、小箪笥の下敷きになったまま動かない。

「お前のせいで、皆の肩身が狭くなった。お前のせいで、貧しくなった。お前のせいで、薬を買えなくなった」

十偉は九玲の肩を摑んで己から離した。

「お前のせいで、俺たちがどれほど苦しんでいるか、分かっているのか。なぜ、まだ天盆をのうのうとやっていられるんだ」

「十偉、そんな言い方しないで」九玲が叫ぶ。その九玲に、十偉はまくし立てる。

「九玲、お前だってずっと怖い思いをしているはずだ。何度も借金取りに脅されて、街を歩く時も周りに気をつけなきゃいけない。お前はそれでもかばうのか」

十偉の剣幕に、そしてその言葉に、九玲は胸が詰まったように黙り込む。十偉は、倒れたままの凡天に向き直る。

「今すぐ天盆をやめろ」

「駄目よ」隅に座っていた王雪が、さえぎった。

「凡天から天盆を奪ったら駄目よ」

「俺たち皆がこんなに苦しんでいてもか。士花が死んでもか」

「違うわ十偉。士花の病は不治だったのよ」

「士花は凡天のせいじゃない」

「分かっているでしょう」

食堂から怒声を聞きつけて来た三鈴、四鈴、五鈴が言う。

「食堂も、俺たちも街中から疎《うと》まれている。姉さんたちだってどれだけ辛い思いをしてきたか。なぜ言わないんだ。なぜこいつだけがやりたいことをやり続けて、俺たちが苦しまねばならないんだ」

「家族でしょう」王雪が説く。

家族じゃない！」瞬間、十偉は爆発した。

「俺はこいつなんかと血の繋がっていない俺たちの、どこが家族なんだ。なぜ血の繋がっていない奴のために、俺たちが苦しまなきゃならないんだ」

周りにいる姉妹に向かって、叫ぶ。

「教えてくれ。なぜ俺たちは一緒にいるんだ。血が繋がってないんだぞ。理由なんてないんだ。理由もないのに何が家族だ」

決壊したようにまくしたてた十偉がふと振り向くと、そこに見たのは、食堂からの戸口に立っている静だった。

静は何も言わずに、立っていた。

静の目から、音もなく涙が一筋、落ちた。

三十六

十偉はその日を境に、家に戻らなくなった。

行方は知れず、一龍が以前見かけた場所で聞いても、手がかりはなかった。

凡天の額には傷が残った。それでも凡天は天盆を続けた。蔵で眠り、起きれば天譜を読むか翁と対局し、また眠った。

二秀は一日一飯を凡天に届け、食べさせた。九玲の計らいであった。戻らぬのかと問うと、「戻ると迷惑がかかる」と凡天は天譜から一瞬目を上げ、二秀に言った。

凡天のためにも、と二秀は塾を探し続けていた。しかし、東盆陣が近づき、塾の門戸はますます閉ざされるばかりだった。

今年の東盆陣には、いよいよ十歳に達した李空が出るからである。あの夏街祭の記憶は人々に、ましてや李絶にはいまだなお生々しく、李絶の明言無言は問わず、いずれの塾もあの小僧を東盆陣に出してはならぬと暗黙のうちに胸に刻んでいたのだった。

凡天はそんなことに頓着さえせずに、天譜を読み続けていた。心なしか痩せ細っているように思われた。

二秀に事情を聞くと、「それで帰らないのですか」と天譜屋は笑顔をひそめた。「張りつめた弦のようで、いつ切れるか」

緑陰の濃くなる頃、凡天と二秀は、同時にそれぞれが翁と対局する二面指しで二人揃って翁に勝利した。片方が勝つことはたまにあったが、二人同時に勝ったのは初めてだった。目の前で、お互いの終局図を飽かず検討する二人を見ていた翁は、やがて口を開いた。

「昔、無双《むそう》と謳われた天盆士がおった」

突然話し始めた翁に、凡天と二秀は、盆から目を上げた。

「強い天盆士だった。西盆陣《せいぼんじん》を勝ちぬき天盆士となり、天盆陣に出陣した。彼は登用され、都で政《まつりごと》に携わった。天盆舞《てんぼんぶ》を務めたこともある。東西南北から集う者たちに囲まれ、彼は国のために力を尽くすのに何の躊躇《ためら》いもなかった。蓋《がい》の国は大国に囲まれた小国だ。隣国との折衝《せっしょう》、国内の秩序維持、彼は重要な政の多くに参画して、天守座を支える政の宮殿天慶宮《てんけいぐう》を駆け回る日々だった」

翁の語りに、二人は耳を澄ます。昼の光が穴からこぼれ落ちて、埃《ほこり》が遊んでいた。

「彼は天盆を愛していた。身分に関係なく天盆に長《た》けた者が国の大事な舵《かじ》を取る、この国を愛していた。彼はどれほどの激務であっても、天盆の研鑽を忘れなかった」

翁は光の中で、目を瞑りながら話を紡いでいく。

「難しい舵取りの時期であった。諸国が武力を蓄え、隙あらば隣国に攻め入り、あるいは独立をなし、国が生まれては併合されていた。その中で、武力も乏しい小国である蓋は、駆け引きや商談、すなわち賢知をもって立ち回っていかねばならなかった。彼は己の天盆で磨いた機知のすべてをもって政にあたった。彼はそれを誇りとしていた。そして、天守座に列することを目指していた。天守座こそすべてが決せられる政の本殿だからだ。天守座は常に同じ列座ではなく、入れ替わってゆく掟だった。天慶宮で力を尽くしながら、彼は待った。だが、ある時気づいたのだ」

遠い何かを見るように、翁は薄く眼を開く。

「天守座の顔ぶれが一向に変わらない。さらには天慶宮にいる者たちに、天盆の才とは無縁の者がいることに。初めは政に忙しく、研鑽する間も取れぬ故かと彼は考えた。だが、やがてそんなことは無関係だと知る。天盆士の血縁というだけの才なき者、親の財力で席を得た者、巧言令色《こうげんれいしょく》で天盆士に擦り寄った者。政の場は、天盆の才とは無縁の、世辞と甘言《かんげん》と金の場となっていた。天守座に居座る者共は、その腐敗の中心だった」

盆上に落とした翁の目は何を見ているのか。

「彼は声を上げた。この国難の時、賢知なき者が舵を握れば、国は滅ぶと。共に声を上げる者もいた。しかし大きな壁にぶつかるようなものだった。そのような事実はない。何をもって才なきと侮辱するか。天慶宮は幾色もの論陣派閥に分かれ、権謀《けんぼう》が渦巻き、論争に明け暮れた」翁は一時話すのをやめる。心なしか疲れているように、二秀には見えた。一度、大きく息を吸い、吐くと、またゆっくり口を開いた。

「そして、西方が隣国蔡《さい》に攻め入られた。天守座と天慶宮は政争に明け暮れていて、気づくのが遅れた。兵を差し向け追い返したが、その時には国境の街西塞《せいさい》は壊滅的だった。そこは彼の故郷だった。彼の家族は、残してきた妻と子は、皆死んでいた」

翁はやわらかく微笑んだ。

「西塞の責《せめ》は、政争を仕掛けた奸物《かんぶつ》として彼に負わされることとなった。彼はそれを受け入れ、都を去った」

埃に混じって、何の花か、花びらが舞っている。

どこかで鳥が、遠い地を憧れるように、鳴いた。

「なぜ、天盆がこの国でかように重んじられるか分かるか」

翁が問う。

「天盆は、ただの盤戯ではない。天盆とは、天の縮図。この盆上は、ひとつの天、すなわちこの世そのもの。天譜とは、あるひとつの天の始まりから終わりなのだ。故に天盆は政でもある。天盆をよく為《な》す者は天の理《ことわり》に近い者。天の理をよく為す者なのだ」

その目は盆を愛おしそうに眺めている。

「私は気づかなかった。天盆は、この蓋の国よりも大きいのだ。私は天盆の大きさに溺れた。強さに溺れ、いつの間にか天の理に背《そむ》いていたのだ」

凡天と二秀は、黙して聞いていた。蔵に風が吹き抜ける。

「天盆を打ち続けるとは、その深淵と向かい合い続けること。深淵にありながら深淵に溺れず、深淵とともにあるということ。深淵にありながら、己にとって大事なものを見失わず、己にとって大事なものを手放さぬということ。己の歩むべき、天の理を歩むということ」

翁は、ゆっくりと二人を見る。

「お主らに、その覚悟があるか」

時が止まったように、風がやむ。

二秀は翁の目を見返していた。多くのものを見てきた目であった。

凡天も、何も言わず翁を凜然と見つめていた。

光が、まっすぐに二人に射していた。

答えを得たように、翁はゆっくりと懐に手を入れ、小さな袋を取り出した。

中から、金印が出てきた。二秀は目を見開く。それは天盆士に与えられる金印であった。

金印の逆さになった文字を見る。

無峰《むほう》。

それはかつて最強と謳われながら、姿を消した天盆士の名であった。

三十七

「みなさん！」

蔵の外から、天譜屋の叫ぶ声がした。

大声を上げることなどない天譜屋の叫び声に、二秀と凡天は蔵の外へと走る。後から翁がついてくる。

河岸に立つ天譜屋の示す先、対岸を見る。

北街から、火の手が上がっていた。

街中に黒と赤の旗が風になびいている。東盆陣の季節が巡ってきたことを告げるそれらの間から、大きな煙がいくつも上がり、燃え上がる炎が見え、そして東盆陣旗とは異なる青い旗が動くのが見えた。

「陳《ちん》の旗だ」二秀が言う。

怒声や叫声が風に乗って聞こえてくる。逃げ惑う人々の後ろから、武装した陳兵の追う姿が、家と家の間、煙と煙の間からちらほらと見える。

「しばらく攻め入ってこなかった陳が」二秀がうめく。

「定かなものなど一つもない」天譜屋の顔からは、笑みが消えていた。

戦いは夜まで続いた。

北街は夜になってもまるで昼のように明るく燃え上がっていた。黒い河面に炎の帯が映り込んでいた。

北街と南街をつなぐいくつかの橋を、あらゆるものを積み上げて塞《ふさ》ぎ、南街の民は陳兵を橋上で食い止めた。積み上げた物へと火を放とうとする陳兵に対して、列になって河から水を汲み上げては陳兵に物にかけ、橋の上を水浸しにする攻防が夜をかけて続けられた。

二秀と凡天は食堂に走り帰った。少勇と一龍は橋へと出張っていたが、静をはじめ兄妹は無事であった。夜をつんざく狂乱の中、家族は再会を喜んだ。九玲は久方振りに見る凡天を、近づき難いように見ていた。二秀が、十偉はと問うと、小さく首を振った。

夜が更け、東雲《しののめ》の頃、静寂が訪れた。

陳兵は退き、北街の方々から、最後の煙が明るくなりゆく空へとたなびいていた。

少勇と一龍は、朝日が河面を輝かせる頃、帰ってきた。二秀と凡天を見て、疲れた顔をほころばせた。

「北街の帳強《ちょうきょう》が武勲を挙げたそうだ」

不意を衝《つ》かれて、東塞を取り仕切る街庁《がいちょう》の兵が足並み揃わぬ間に、北街の武家帳強が若者男衆をまとめ上げ陣頭を切って陳兵を押し戻したのだという。

「帳強とは、六麗が奉公に入った家では」

「これで帳強は取り立てられるだろう。六麗もよい思いができるのではないか」少勇が言うと、一晩眠らずに過ごした家族に、つかの間の笑みがこぼれた。

三十八

焼け跡があちこちで生々しい北街では、しかし別の暴動が持ち上がっていた。陳兵はすでに退《ひ》いたにも拘《かか》わらず、街の民は怒りを露わに、ある屋敷へと石を投げ、枝を投げ、道に落ちた兜《かぶと》を投げ込んでゆく。

李絶の屋敷であった。

陳兵が攻め込んできた折、李絶は街の指揮を執るべき立場であるのに、家族を連れて誰より先に街の西外れの縁者のもとへと逃げ込んでいたことが衆の知るところとなったのだった。

屋敷を囲む塀には「裏切者」と大きく書き殴られ、容赦なく物が放り込まれ続けた。陳兵撤退の後、人目を忍んで戻っているはずの李絶は現れず、屋敷からは物音ひとつしなかった。

北街は、帳強《ちょうきょう》の指揮の下、戦の跡を片づけ、東盆陣の旗をまた飾り付け、息を吹き返していったが、李絶の屋敷だけが取り残されたように荒れ果てていった。

「代々の名家であるにも拘わらず、帳強は今まで李絶から軽んじられていた。商人である李絶は武を嘲笑してさえいたからな」

「これで帳強の時代だな。李絶は処刑か」

「いや、生かしておくそうだ」

「武人としての寛大さか」

「まさかまさか。李絶の商網を吸い尽くすつもりさ」

「いい噂は聞かぬ。既に街庁の役人は音《ね》を上げているという」

「陳との関係もまだどう転ぶか分からぬ」

「新しい陳王は、こんな小国の蓋に幾度も退けられて不満を募らせているらしい」

「陳は昨年大凶作だった。いつまた攻めてきてもおかしくない。帳強に縋《すが》るしかないのだ」

食堂の客は声をひそめる。

「李絶が幅を利かせていた頃は大人しくしていたが、とにかく残忍だという。気に食わぬ者は武をちらつかせ脅迫する。一度目をつけられれば一族郎党死に至るまで追い詰められる」

二秀は麺を啜《すす》る手を止め、客の話に、ふと六麗の身を案じる。振り返れば、厨房の静や三人姉妹には届いていないようだ。

「李絶の息子も東盆陣に出られないのではあるまいか」

「とても無理だろう。出てきたら殺されるようなものだ。帳強の息子も出るそうだからな」

同じく麺を啜っていた凡天が、顔を上げた。

初夏の風が噂を運び、黒と赤の旗を揺らした。

一方、厨房では三姉妹が静を怪訝そうに見ていた。

「何をそんなに悩んでいるの」

「食堂ならとっくに潰れかけてるじゃない」

「そうよ、今更悩むことでもないわ」

いつになくもの思いに耽っている静を見て、三姉妹が声をかける。その問いに答えず、静は頬杖をついたまま時折独り言を言っている。十偉、という言葉が聞こえる。やはり心配なのか、と三姉妹は顔を見合わせる。するとまたぶつぶつ言っているのが聞こえ、言いたい放題言いやがって、と呟いている。心配をして損した、と三姉妹は仕事に戻る。

日を追うごとに、太陽が強くなる。

熱い風が、街に吹きすさぶようになる。

街の光と影が、色濃くなる。

そして、東盆陣の朝は訪れた。

二秀と凡天が、支度を整え、朝の光を背に振り返る。食堂には静だけがいた。

静が二人に飯の入った包みを渡す。

そのまま、二人の背中に腕を回し、二人の間に顔をうずめた。静は何も言わなかった。

鳥が、朝を喜んでいた。

「行ってきます、母上」

「行ってきます、母上」

凡天と二秀が告げた。

三十九

北街の最も大きな盆所。

入ればただただ広い板の間が無辺に広がり、木製の天盆がまるで盆上のように折り目正しく並んでいる。見上げれば天井は高い。どこかから光が入るようになっているのか、板の間の盆堂は明るかった。

凡天と二秀が足を踏み入れると、気づいた衆がざわついた。門番も気づき、所属塾は、と詰問する。この二人をどの塾も受け入れないと知っていたからだ。二人は、手の甲に押した金印を見せる。門番の顔が、驚愕を示す。

「天盆士の金印です。参加資格は満たしているはずです」付き添ってきた天譜屋が門番に告げる。

門番は、不可解なものを見たように後ずさり、道をあけた。

「私はここまでです」天譜屋がにこにこと言う。

「有難うございます」二人は、頭を下げる。

「三日間ありますからね。お会いできるのは三日後ですか」

「勝ち抜けば」二秀が答える。

「天運を祈っていますよ」手を振り、天譜屋は盆所を後にする。

二秀は受付に二人の名を記す。凡天は板の間を見渡していたが、ふと、その目が止まる。

二秀が気づいて、その方を見る。

広い板の間の盆堂、その最も端に置かれた天盆。

そこに、李空が座していた。姿勢を正し、ただ前を見つめていた。周囲には誰もいない。

皆、避けるように距離を空けていた。凡天は、じっと李空を見つめていた。

出陣者が集い来る。

人がこれほどいるとは思えぬほど、板の間は静けさに包まれていた。静かでありながら、
しかし何かが満ちてきていた。

静けさが乱れたのは、帳強の息子が板の間に上がった時であった。十八、九歳の男は、
一緒に入ってきた者から「帳君殿《ちょうくん》」と呼ばれていた。獣のような目で辺りを睨《にら》み、従者
のような一群と盆堂の一角を占めて、威圧感を放ち続けていた。

静寂は、太鼓の音で破られた。

「それでは、東盆陣、第一陣の籤《くじ》を行う」

陣守《じんしゅ》が立ち上がり、澄んだ声で述べる。

「今年の出陣者は百二十六名也。本日三陣、二日目二陣、三日目二陣で行う」

名を呼ばれた者が籤をひきに立ち上がり、籤の番号の盆へと座していく。

百二十六名が、天盆を挟んで座し、対陣する。

座る音、衣《きぬ》ずれの音が次第に収まりゆく。

「第一陣、持ち刻は一刻」

陣守が、叫ぶ。

「始めよ」

太鼓の轟音《ごうおん》が、板の間を震わせる。

お願いします、と合唱が細波《さざなみ》に広がる。

四十

駒音だけが響く。

参りました、と小さく声がする。終局した天盆から、敗れた者が立ち上がり、去っていく。

東部中の街や村から、立身の期待を一身に背負って集った者が敗れ去っていく。中には、立ち上がることもできず、盆前に座ったまま啜り泣く者もあった。

盆堂には、駒音が静かに鳴り続けたが、熱情と悲壮に満ちていた。

一人、また一人と少なくなっていく。

第一陣の全対局が終わった。二秀と凡天は、いずれも勝った。

いつの間に、と思うほど、気づけば盆堂は熱気で息苦しかった。

各陣の間には休みが入る。両開きの戸口を見れば、外は晴れ渡っている。二人は持参した飯を食べる。

「疲れたか」

「早くまたやりたい」凡天は、飯を食《は》みながら答える。

ふと、凡天はなぜ東盆陣に出るのだろう、と二秀は考えた。ただ天盆を指したいだけか。強い者と盆を交わしたいだけなのか。天盆において天下を極めたいという思いがこの小さな体のどこかに隠されているのだろうか。

今まで立ち止まって考えたことがなかった。この凡天は、なぜ、これほどに天盆に熱中するのか。熱中という言葉では生温《なまぬる》い。すべてを注いでいると言っていい。得体のしれぬ執念のようなものさえ感じるほどだ。立身のためではあるまい。凡天の頭には立身という言葉さえないはずだ。

二秀は自問するようにしばらく考えながら、飯を食む。

天盆が、陣守たちによって片づけられていく。

盆堂には半分に減った出陣者と、半分に減った天盆が残された。

板の間が、広くなったように感じられる。

やがて、太鼓が鳴る。

「それでは、第二陣の籤を行います」

そしてまた、半分をふるい落とす戦いが幕を開ける。

四十一

二秀は、かつて所属していた塾の塾生との対局となった。お願いします、と礼をして頭を上げると、同じく頭を上げた同い年の塾生が、一瞬、鋭い一瞥を投げてきた。

対局は長期戦となった。お互い探りながら立ち上がり、窺うように指し進め、混戦と化した。以前は鋭利で潔い盆風だった相手が、如何《いか》なる泥臭い手を打ってでも勝ちを収めようとしているのが盆を挟んで痛いほど伝わってきた。目を細めて、二秀は次手を放つ。

そうなのだ。この歳になるまで勝ち抜けないということが如何なる意味を持つのか、二秀にも痛いほど分かっていた。なぜならそれは自身が日々眠る前に頭をもたげることでもあったからだ。

才がない。

立身も、かつて天盆を始めた時分に盆へ向かうたび感じていた喜びも、もはや遠い。ただ、才がないという圧倒的な黒い絶望に沈まぬよう、日々底なし沼から足を抜いて一歩、一歩、這いずるように天盆に向かうだけ。天盆を続ける限り、一生それが続くのだ。

天盆を愛していた者は、やがて、天盆に愛されないことだけを恐れ怯えるようになる。

勝つしかない。勝たなければ、人生のすべてをなげうって愛したものに愛されていなかった、と答えが出てしまう。その答えを直視するしかなくなる。それは耐え難い。それは死よりも、むごい。

勝つしかない。そして勝つということは、相手を底なし沼に沈めるということ、相手をその答えへと叩き落とすということだった。

二秀は、勝った。

かつての塾生は、両膝を摑み、絞り出すように、参りました、と言った。

相手が亡霊のように立ち上がり、歩み去っていく。

しばらくしてから、二秀は顔を上げ、大きくひとつ、息をついた。

ようやく辺りを見渡せば、己がほぼ最後の終局者だった。

周りがざわめいている。皆が見ている方を見る。

昨年の東盆陣で二位だった是城《ぜじょう》が、帳強《ちょうきょう》の息子帳君《ちょうくん》に敗れたのだった。是城はしばらく盆を見ていた。帳君は、冷笑を口の端に浮かべ、その様子を見物していた。是城はやがて一礼をすると立ち上がり、何も言わずに盆堂を去った。

凡天も勝ち残り、休みの間、同じく残った年長の出陣者と話をしていた。二秀は近づき、男に礼をする。二秀の二倍ほどの歳の男だった。男はにこやかに礼を返し、懐円《かいえん》ですと名乗った。

「あなたの弟君は、この若さで第二陣も残るとは、素晴らしい限りです。あなたといい、若く才のある方が羨《うらや》ましい」と懐円は頭をかく。

先ほど己の前で膝を摑んでいた塾生が浮かぶ。「いえ、私などは。この歳まで一度も一日目を勝ち抜けておりませぬ故」

「まだまだ。あなた位の歳は最も脂がのる時期だ。これから面白いように今までの研鑽が実りとなるでしょう。この歳になり妻と子もいるのになお執着する己の無様さと言うたら」申し訳なさそうに懐円は笑む。

「続けることができていることこそ、並々ならぬこと。敬服いたします」心の底から二秀はそう思った。

「これしかないからです。器用でもなければ智力も武勇もない。他に何もできぬのです。できぬゆえ、天盆に縋りつくしかない、家族を楽にさせてやるには。それなのに、家族に負担をかけるばかりの有様です」

懐円の弱々しい笑みに、二秀は口をつぐむ。

「妻が病に臥《ふ》しました。今年勝てなければ、来年はもう出ないつもりです。出る意味がない。今年こそ勝たなければ」己に言い聞かせるように懐円は言う。そして、振り切るように膝を叩く。「戦いの場に相応《ふさわ》しくない話でした。申し訳ありません」

二秀が首を振って応えようとすると、「懐円殿」と向こうで叫ぶ声がした。振り返れば、二、三人の若者がこちらを見ていた。

「同じ塾の塾生なのです」では失礼を、と懐円は若者たちのところへ行く。若者たちが次々に何かを懐円に言うと、懐円は頭を何度も下げ、壁際の荷から干物を取り出し、若者に配っていた。「万年一日目止まりなのだから」と若者が懐円に言うのが、聞こえた。

残る出陣者の周りで、天盆がまた半数、運び出されていく。盆堂は、持て余すほどに広くなった。こんなにこの場所は広かったのか、と思うほどに。

二局終えて残っている出陣者の顔は、いずれも疲れが色濃い。人によっては人生が懸《か》かっている。家の、村の行く末を担っている。家から天盆士が出れば、その家は安泰となろう。村から天盆士が出れば、その者を通じて朽《く》ちかけた村も潤《うるお》う。その重さを背負って戦っている。一局一局が全身全霊であり、既にそれを二度繰り返しているのだった。しばしのこの休みに、何も言わず、板の間に伏して動かぬ者も多い。

太鼓がしかし、その休息の終焉を無情に告げる。

一日目最後の第三陣が、太鼓の音とともに始まった。

四十二

夕が訪れ、盆堂には、十六人が残った。

二秀も凡天も、盆堂に残っていた。二秀は初めて一日目を生き残ったが、喜びよりも、全身を覆《おお》う泥のような疲れがあるだけだった。

「一日目を終了いたします。食堂、寝所へご案内します」

盆堂に点々と残る出陣者が、めいめい重そうに立ち上がる。一人帳君だけが、いまだ精気を残しているように笑んでいた。その目は、盆堂の中で一人残った女を値踏みするように見ていた。

懐円《かいえん》も残った。二秀と凡天の二人と目が合うと、疲れの滲《にじ》む笑顔で会釈した。

寝所とは名ばかりの、盆所にあるいくつかの房を振り分けられた後、食堂で出陣者に夕餉《ゆうげ》が振る舞われた。

夜になり、涼風が吹いている。

誰も話す者はなく、ただ箸《はし》を動かす音が虫の声に混じっていた。

「よく出てこられたものだ」

地を這うような嘲笑がした。

帳君が、李空を見ていた。その顔は蠟灯りに深い影を宿し、目だけが爛々《らんらん》と光っている。

李空はその言葉に、箸を止めた。

「貴様の父の為したことを考えれば、出陣は控えるのが義というものだろう。違うか」

帳君は李空をねめつけて言う。誰も口を開かない。愉快そうに帳君は口を開く。

「ああ、そうか。俺としたことが。あの父の血を引く餓鬼に、義などある訳がない」失策を犯したように己の膝を叩いて笑う。李空は椀を見つめたまま、固まっている。二秀は気づく。その箸を持った手が微かに震えていた。

「何せ民を置いて誰よりも先に逃げるのだ。義あらば、恥ずかしくて生きていられるはずがない。とっくに自死をもって贖《あがな》っているはずだ。武人によって作られた蓋の民ならば、かような義を持っているはずなのだ。父だけではない。父が逃げようと言うのに従い命を長らえて、恥ずかしげもなく生きている者も同じだ」

帳君から笑みが消える。

「義を弁《わきま》える男児ならば父を止めるはずだ。生き長らえたならば、父にその不義を説き共に自害するが天の理ではないか」

食堂から音が消えた。

「違うか。李空」

帳君が刺し殺すような目で李空を射抜く。

李空は真一文字に口を結んでいる。目は瞬きを忘れたように椀を見ていた。

「耳障りだわ」

箸を置く音がする。女が帳君を見ずに言う。

「童を弄《いじ》るのが愉しいの？」

帳君が女を見る。

「愉しいさ」

「天盆では勝てぬと吠《ほ》えているようね」

女が帳君を見据える。短く切り揃えた前髪の下に、鋭い目があった。片方の目が、僅かに紅い。

帳君は表情を一切変えずに言う。

「撤回しろ」

女は帳君をまっすぐ見たまま何も言わない。

「調子に乗るなよ」

お前は誰のお陰で、今ここで暢気《のんき》に天盆を打っていられるのか分かっているのか。静かに帳君はそう言った。

女は何事もないように答える。

「己のお陰よ。ここにいる誰もが、そう」

二人は、しばし何も言わずにただ互いを睨んでいた。

虫さえ、鳴くのを止《や》めた。

夜の闇が大きくなった。

蠟灯りが揺れる。

立ち上がる者がいた。

昨年の覇者、永涯《えいがい》だった。

「陣中だ。天盆で決すればよい」

長身の永涯は食堂を一瞥して、去った。

それを機として、一人また一人と寝房へ引き取った。

二秀は寝房の板の間へと横になり、眠りにつく前、同じ房の隅で丸まって眠る李空と凡天を見た。

瞼が重く重く降りていく。

戦いに臨む者に、つかの間の休息が訪れる。

四十三

はずだった。

その静寂は、戸を激しく叩く音で破られた。

二秀は、深い泥のような眠りの中、遠くにその音を聞いた。

音は止まない。

誰何《すいか》する怒声がうつろに聞こえる。

重い泥の中を浮かび上がるように、音と声がはっきりしてくる。

己の汗に、目を開ける。

まだ暗い。夜半であった。

足早に床板を歩く音がする。

遠く、盆所の入口の戸が開く音、問答の声が微《かす》かに聞こえる。

まだ夢うつつに、二秀はそれを聞いている。

同じ床板を今度は走る大きな音、ややして、足音は増え、また盆所の入口へと走ってゆく。

その足音は切迫しているような響きを持っていた。

と、忍ぶような足音が近づく、と思うと、肩に手が置かれた。

「もし」と囁きが耳元にする。

半身を起こして振り返れば、陣守《じんしゅ》の深刻な顔があった。

二秀は寝所を走り、盆堂へ向かう。後ろから凡天がついてくるのを感じる。

盆堂に辿り着く。暗い。

入口に人影が幾人か。

そこへと走り寄る。

戸の外にいた者が二秀を見て、恐怖に歪む。その顔を見て、話が真であることを二秀は悟る。息切れがして戸口に手をつく。

報《しら》せを告げに来た者は二秀から距離をとるように一歩後ずさる。

隣を見ると、同じように戸口に手をついてこちらを睨む帳君があった。二秀の背筋に恐怖が走った。

帳君の顔は、鬼であった。

「貴様が六麗の親族か」

夜半に盆所に飛び込んだ報せ。

それは、六麗が帳強を刺して逃げたという報せだった。

四十四

逃げきれるとは思っていなかった。

どこかで自害をするのだ。家族に迷惑をかけないために。

ちらつく家族の姿を、打ち消しながら、走る。

追手に捕まったら、連れ戻されて処刑される。そうすれば家族に累《るい》が及ぶだろう。

そうならないためには、己の罪を己で裁き、自害したという形をつくるしかない。

それで家族が守れるかは分からない。それでも、もはやそれしかない。

僅か、自害する時さえあればいい。自害と誰もが分かるように自害できる僅かな時さえ、与えられれば。六麗は、逃げ続けた。

ところが、静まり返る夜の街を見つからずに逃げることはできなかった。走る音、何かにぶつかる音は追手から己を隠してくれなかった。

小路の迷路を何度も折れ、闇に潜《ひそ》んで息を殺した。

気づかずに通り過ぎてくれれば。

追手は、六麗のいる闇小路を通り過ぎた。

しかし一度通り過ぎた追手は、別の追手と鉢合わせる。

そして、共に戻ってきた。

追手の男衆と目が合った瞬間、不覚にも涙が出そうになった。

帳家の四人の追手が、ゆっくり近づいてくる。

六麗は立ち上がれぬ恐怖を、息を止めて飲み込み、震える足で立ち上がる。父と母に恥ずかしくない死に方を、せめてしなければ。

くぐもるような声がして、追手の一人が倒れた。

一人、人影が増えている。

その人影は、残りの追手が動揺する間を逃さず斬りかかり、風を切る何太刀かの音が鳴ったかと思うと、追手がすべて倒れた。

人影は夜闇を近づいてくる。

「何かやらかしたようだな」

「十偉」

十偉は左腕から血を流していた。

四十五

二人は闇を接《つ》いで、橋の下に隠れた。月はなく、河は黒い墨だった。

「闇場の用心棒。あなたが」

十偉は、着物の裾を破る。

「俺は所詮、衆《しゅう》駒だからな。衆なんて価値のない、突き捨てるだけの駒さ」

己の腕に着物の切れ端を結びながら言う。

「何があった。帳家が戦みたいに大騒ぎだったぞ」

何も言わずに、六麗は黒い河を見ていた。

「閨《ねや》でも強要されたか」

六麗は、ふ、と息を吐く。

「そんなこと、とうに前からよ」

「じゃあ何だ」

「それ以上のことよ」

「それ以上」

「子供には分からないわ」六麗は初めて、十偉を見て僅かに笑んだ。十偉が怪訝な顔をしていると、六麗は着物を少し開いて、背中を見せた。

その背中のおぞましい様に、十偉は目を見開いた。「何だそれ」

六麗は答えない。その惨《むご》たらしい背中には、まだ生々しい跡もある。

「悪趣味な」顔を歪ませて十偉は言う。その声には怒りが滲んでいる。

「権力を持つ男が己の城で何をしているかなんて、誰も知らない」

着物をなおしながら六麗は呟く。

「耐えるつもりだった。どんなことがあっても耐えるつもりだった。それなのに」

六麗の顔は、十偉から見えない。十偉の目には、もう見えなくなった背中がまだ焼きついていた。

六麗が、立ち上がる。

「刀を貸して」振り返って、手を出した。

十偉は血に染まった刀に手をやる。

「自害するつもりか」

六麗は手を差し出したまま、答えない。

それが答えだった。

「刀を貸して」六麗が、もう一度、言う。

十偉が、ゆっくりと立ち上がる。

六麗を見据えたまま、首を振る。

「一緒に逃げよう」

「どこへ」

「街を出る」

「駄目」

「いや、俺は六麗姉と一緒に街を出る」

「駄目」

「なぜだ」

十偉はたたみかけるように、問う。

六麗は、苦しそうに顔を僅かに歪めた。

「家族に迷惑が、かかるもの」

そう言った声は、震えていた。

十偉は六麗を見ていた。一時も目を離さずに。

「少勇は、そんな奴じゃない」

何かに撃たれたように六麗は息を呑んだ。

「少勇と静が、お前が何をしても迷惑だなんて思う奴らだと思うのか」

十偉の声は、震えながらも強くあった。

六麗は何かを堪《こら》えるように十偉を見ている。

「言え。六麗姉は、もう一度少勇と静に会いたくないのか」

六麗の両目から、涙が同時に流れ落ちた。六麗は顔をくしゃくしゃに歪め、押し殺すように泣き出す。手の甲で何度も何度も涙を拭えど、涙は止めどなく流れる。

声を殺して、六麗は少女のように泣きじゃくる。

「会いたい。会いたい」

夜が流れていく。間もなく闇が暴かれ始める。

二人は街の外れで、一度振り返った。

「いつかもう一度だけ、少勇と静の顔を見るんだ」十偉の言葉は、闇に消えた。

四十六

朝には、昨夜の件は皆が知るところとなっていた。

帳強は、命は無事とのことだった。六麗は、と問う二秀に、分かりませぬと陣守は首を振った。朝餉の席で帳君は静かであった。時折伝令が来るのか、陣守と話をしていた。二秀と凡天の方を見ることもなければ、他の誰と話をすることもなく、一人物思うように茶を啜っている。その沈黙がかえって不気味であり、嵐の前の静けさを思わせた。

他の出陣者もただ黙して飯を進めた。

刻となり、盆堂で籤を引く。

凡天が座す盆前に、懐円が来て、座った。

にこやかに一度だけ笑うと、懐円は顔から一切の笑みを消す。

「凡天殿」

懐円は凡天をまっすぐ見据える。

「昨日お話ししたことはすべてお忘れください」

そこには昨日の談笑していた懐円はいなかった。

凡天はその眼差しを受け止めて、答える。

「はい」

すべての盆に出陣者が座す。

「二日目、第四陣、持ち刻は二刻」

陣守が叫ぶ。

八つの盆だけが並ぶ盆堂に、太鼓が響く。

「始めよ」

「お願いします」懐円は、告げた。

四十七

才がないことなどすぐに知れた。

ならば、血を吐くまで努力をすればいい。

努力で、才に食らいつけばよい。

ただ、それだけのこと。

懐円は自陣を円慶陣《えんけいじん》で囲った。最も古典的な囲いである。つまり数ある陣形の中でも最も多く指され、最も多くその先の流れ、戦い方が研究されている陣形だった。

努力で戦うには、戦い方がある。

天盆打ちには誰しも、盆風がある。好む陣形、好む戦い方、好む展開がある。懐円は得意戦型を円慶陣に絞った。円慶陣のあらゆる天譜を研究した。一手一手、自陣の囲いを形作りながら、凡天の出方を窺《うかが》う。

凡天も、円慶陣の手順を追っている。

相円慶《あいえんけい》。

伝統とさえ言える盆型であり、相当先の手順まで研究し尽くされている。

懐円は意外に思った。これほどの若さで二日目まで残るということは、才に恵まれた者に相違ない。このような手垢のつきまくった戦いを好むとは思えなかった。あるいは手垢にまみれているのを知らぬか。

否。

互いの陣形が完成し、中盤に差し掛かっても、双方相手の出方を窺うように戦端は開かれない。

侮らない。

才に恵まれた者が、実力を持つ者が、相手を侮り、己を侮り、転がり落ちてゆくのをどれほど見てきたか。

盆前に座り続ける。そのことが、たかがそのことがどれほど苦しいか。勝てなくなり、己の才を疑うようになり、己に絶望するようになり、努力し続けることに疲れ、努力が実らぬことに倦《う》み、人は盆前を去っていく。人が盆前を去る理由は無数にある。

いや、人が盆前を去る理由しかこの世にはないのだ。

懐円は、研究に没頭することでそれをはねのけてきた。蠟も買えず月明かりに天譜を読む努力でそれを押し留めてきた。

凡天が、戦端を開く。衆を懐円の衆に突きつけてくる。

その筋も知っている。複雑に分岐する流れだ。どちらかが間違えれば落ちる。天譜がいくつも頭に浮かぶ。

懐円は盆前に座り続けた。

それが懐円の誇りだった。

ただひとつ持っている、ささやかな、しかしそれが故揺るぎない矜持だった。

凡天の持ち刻の方が少なくなっていく。懐円は読みを要する終盤に残していた。

盆上はまだどちらにも転んでいない。

手順が進んでいく。

手筋が分かれていく。

仕掛けるか、守るか、それとも見るか。どの戦いを選んでいくのか。

狙いを持った手を打てば、凡天は反応して封じてくる。そして盆面は狭まっていく。狭い方を狭い方を、懐円は選んでいく。読み筋が広い方へ行けば、才の煌《きらめ》きが入り込む。

研究のためには、大きな盆塾にいる必要がある。そのためには何でもする。己よりずっと若い者の荷物持ちさえ厭わない。その若者がやがて去っていく。嘲笑《あざわら》おうなどという気持ちは一切ない。いずれ来る己の末期《まつご》なのだから。

こちらの狙いは通らない。読み塞いでくる。何気ない受けに見えて、こちらが読み落とせばすぐにとがめられる手を繰り出してくる。しかし、読める。こちらからも再び狙いを放つ。

盆上は気づけば終盤を形作っていた。かわし合いながら手は進み、流れが生まれ、形が作られていく。逃れようのない形が。誰が作ろうと意図したわけでもない形が、生まれていく。気づけば百手を超えているだろう。

じわりと、悪寒が走る。悪寒とさえ言えない嫌な予感。しかしそれは確かに、する。それは一言で言えば、打たされている感覚。凡天の手に対して、こちらからの変化は難しい一直線の流れを強《し》いられる。

天秤が、傾いている。明らかな間違いを犯したとは思えない。ぬるい手はあったかもしれないが、悪手はなかった。狙いもとがめも巧《うま》くさばいていたはず。それなのに、凡天の手に、圧を感じるようになる。

帝へ手が伸びる。かわす。

こちらから帝へ手を伸ばす。かわされる。届かない。

自由が奪われていく。目がかすむ。

また、駄目なのか。悪寒がそう告げてくる。

一瞬、懐円は目を瞑《つむ》る。そして見開き、我も知らず、笑んだ。

諦めない。

この程度で諦めるなら、とうにここにはいない。

どれほど地を這おうが、構わない。地を這うことなど、容易《たやす》いことだ。

長考に入る。寄せを、詰めを、幾筋もの流れを、考える。

凡天の手を読む。大丈夫、まだ、届かない。駒が一枚足りないはずだ。

そこから、五十手を超える寄せ合いが繰り広げられた。お互いに刻がなくなり、無時間での指し合いが続く。ぱち、ぱち、と音が続く。他の対局はすべて終わったのか、己たちの駒音しかしない。激しい攻め合い、逃げ合いで、駒が入り乱れる。

そしてついに、凡天の黒師が懐円に必死をかける。次に凡天に手番が回れば、終わる。

懐円は己の寄せを読む。何度も読む。

駒一枚、衆たったひとつ、届かない。

間違えなかった。それは、凡天もなのか。悪手は指さなかった。だが凡天は、善手を指し通したのか。

ちらと、懐円は汗だくの顔で凡天を見る。

凡天は、高速の指し合いに顔が上気していた。

そして嬉しそうに、不敵に、懐円へ微笑んだ。

――それでも届かぬか。

そこには、未だ見たことのない盆面が広がっていた。

これほどに研究しても研究しても、なお、知らぬ盆面が現れる。

どれほど研究しても、茫漠《ぼうばく》たる深淵が広がっている。

それは無限に生まれ出《い》づる広がりでもあった。

懐円も目を閉じ、微笑む。

「参りました」

四十八

「妹さんの無事を祈っています」

「ありがとうございます」二秀は懐円に礼をする。

「負けたのに悔いがないのは、久方振りです」

凡天と握手を交わすと、懐円は盆堂を去った。

凡天と二秀はいずれも残り、昼餉は八名となった。

外は暑くなっている。盆所には涼風が入ってきた。

「そろそろお前とあたりたいもんだ」

盆所の入口で、家の者と話していた帳君が食堂に入ってきて、茶を飲みながら李空を睥睨《へいげい》する。李空は、顔を上げず、ただ押し殺すように飯を食《は》んでいる。

「その後は奴らですか」帳君の従者のような出陣者が、凡天と二秀を見て言う。

「そうだな」帳君は冷笑する。「父を仕留めなかったからな」

女天盆打ちが帳君を蔑《さげす》むように一瞥する。

「神速流紅英《こうえい》は目つきも鋭い」帳君が茶化すが、紅英は取り合わない。

「お前が言ったのだろう、己の力でここにいると。所詮俺たちは己の天盆の腕ひとつでのし上がろうとしているんだ。女が天盆打ちになるなんてどれほど親族に疎《うと》まれるものか」

紅英は薄唇を緩《ゆる》めて、初めて笑んだ。「そうね」

「そこの天盆士だってそうさ」帳君は永涯《えいがい》に声を向ける。

「天盆の才だけで世を渡ろうとしている。何度砕けてもな」

「私は家族を愛している」永涯は目を合わせずに応える。

は、と帳君が声を出して笑う。

「だがそいつらは役立たずだ。お前の足を引っ張るだけのな。北の貧村だったか。その村の未来がお前に懸かっている。一族揃ってお前に縋《すが》りつくだけの、足枷《あしかせ》さ」

永涯は顔を上げて、帳君を見遣る。

その目は迷いなく、涼しい。

「家族は足枷ではない。拠《よ》り所《どころ》だ」

その眼差しを受けて、帳君は鼻で笑う。

二秀は永涯のその言葉を聞いて、少勇を、静を、兄妹を、そして六麗を思う。

「なぜ永涯殿は既に二度も登陣して天盆士になっているにも拘わらず、また東盆陣に出陣していると思う？」

永涯も帳君も立ち去った後の食堂で、二秀が物思っていると、紅英が口を開いた。

「都で登用されないから。永涯殿の家は平民だから」話しながらも、その目は何かに思い馳せるように緑陰を見ている。「天慶宮《てんけいぐう》は、今は名士と官家の魔窟。金も縁故も力もない平民は、天盆士であってもことごとく締め出されている。平民がそこに入るためには、天盆陣を征するしかない。征陣者《せいじんしゃ》は天守座に登用されるという典令だけが最後の希望」

「しかしこの三十年、征陣者に平民出はいない」

「永涯殿は、それに挑んでいる」紅英は呟く。天盆士なのだから、登用されずとも塾でも開く道もありえようはずなのに、あくまで征陣に挑み続けている。

遠くから昼の終わりを告げる声がする。

「帳君の言うことは正しい」

紅英は、立ち上がる。紅の衣は、戎衣《じゅうい》のようであった。

「己の力で切り拓くしかない」

昼が終わり、籤を引く。

凡天は紅英と対座する。

二秀は帳君の従者と対座した。

そして、李空の前には、帳君が座した。

李空は膝を握り、顔を上げない。帳君は冷笑を浮かべて李空を睨み据える。

「父のように逃げないのか。先手の俺は負けなしだ」

帳君の忍び笑いがこぼれる。その笑いを裂くように、李空の声が絞り出される。

「父は、逃げたのではない」

李空が顔を上げ、その瞳で帳君を射抜く。

「父は母と私を守ったのだ」

帳君はその視線を真っ向から睨み返す。

面白い。帳君の底冷えする声が盆を震わせる。

「二日目、第五陣」

陣守が叫ぶ。太鼓が、夏の涼風を掻き消す。

「始めよ」

四十九

ぱち、と紅英《こうえい》の駒音が響く。

背筋伸び、端正な佇まいである。

神速流と呼ばれる紅英の指し筋は、早い。凡天が打つと、あたかも無刻指しのように紅英は次手を指し込む。相手に圧をかけるかのように。序盤、紅英の追い込むような早指しをしばらく受けた後、凡天は手を止めた。

ふと、凡天は盆に前のめりになっていた体を起こす。

そして、天井の方を見上げ、深呼吸をひとつした。

また盆に前のめると、次手を打つ。

紅英が早指しで応じる。そこへ凡天は早指しをたたき返す。

ぱち、ぱちと駒音が途切れなく続く早指し合戦が始まった。

紅英は囲いもそこそこに、囲う流れの途上にある凡天へ攻めを仕掛ける。指は細く長く、駒を流麗に挟み、甲高い駒音を響かせる。

神速流と呼ばれるのは早指しだけが理由ではない。攻め天盆が盆風なのだ。積極的で果敢な攻めを仕掛けて、盆上の主導権を握る。一見強引に思える仕掛けも繋ぎ切る。研究に裏打ちされた盆風だが、真骨頂はその先にある。

「まだ寄せの段階ではないと思っているところからでも、一気に寄せてくる。神速の寄せ」

私も昔食らいました。まるで鮮やかな芸術を見ているようでした。懐円がそう言っていたのを、凡天は思い出す。

紅英が指す序盤からの定跡外れの攻め手と凡天のかわしが交互する。大駒を交換し合う。凡天が一旦凌《しの》ぎ、互いに攻めあぐねる中盤戦に入る。盆上はいずれの流れも途切れた膠《こう》着《ちゃく》状態となっていた。紅英は次の攻め筋をいくつも考察する。凡天の手番だ、凡天の攻めも考えられる。盆上の手綱はいずれの手にもない。どう盆戦の手綱を得るか、紅英は大局観と一手一手を行き来した。

凡天が次手を打つ。

その手に、紅英は一瞬我を忘れた。凡天は端の衆を一手進めたのみだった。一手無駄にする手だ。紅英に手綱を渡すような手だ。

それを見た瞬間、紅英はこう言われた気がした。

「どうぞ、あなたに手綱を渡します。指してください」

一瞬、凡天を見遣る。凡天は盆上を見ている。

その無言の言葉を紅英は受け取った。しばし思案の末、ひとつの攻め筋を選ぶ。神速ではない。しかし凡天の厚い囲いを外から一枚一枚剝《は》がしにかかるように、持ち衆を凡天の囲いの帝頭へとぶつける。

凡天は応じて、守りを固める。

手綱はお前の望みどおり、こちらが握ってやろう。紅英は気を高め、盆上を読む。

触れれば切れそうな、眼差しである。

こちらが攻め切るか、否か。

「なぜ女が天盆を打つ必要があるのだ」

紅英は父の声を聞く。

必要があるのではない。やりたいだけなのだ。

凡天陣の中に、持ち駒の麒麟《きりん》を放つ。

凡天が微かに眉をひそめて、盆に顔を近づける。すぐに意図に気づき、かわす。

紅英は相手が善手を取ってくるのにもう驚かない。ついに帝頭の衆を取り、戦端を開く。

凡天は防戦一方となる。なりながらも、時に攻防手を狙う手を織り込んでくる。紅英は気づいて、狙いを塞ぐ。

「やりたいならやればよい。どうせ一度の人生じゃ」

亡き師の声が、耳に響く。対局中、迷う時にいつも蘇る言葉。生まれた商家を出て、一人天盆に生きようという己を認めてくれた、唯一の人。

師もまた、天盆士となったが官登用を果たすことはできなかった。それでも市井《しせい》で天盆を楽しそうに指し続けた生涯だった。それは貧しい出の師が己の力で切り拓いた生涯だった。


師の生き様を見ていて、紅英は悟る。

己の力で切り拓かなければならない。

己の力で生きなければならない。

紅英が手を指す。凡天の囲いが少しずつ削り取られ、陣が霧散していく。駒を捨て、駒を繋ぎ、凡天の帝は端から逃げ上る。

自力で盆面を作り出すのを放棄する者に未来はない。

自陣に繰り出される攻め手を最小限のさばきでかわし、紅英は攻め続ける。盆上は駒が次々消えていく大混戦を呈している。

紅英の攻めが息切れしかける。やはり届かぬか。

紅英は姿勢を正す。ひとつ大きな深呼吸をして、目を瞑る。

届かぬものを届かせる。それが、切り拓くということだ。

読み進める。寄せ切りは難しい。一手、一駒足りない。どこかで手に入れる必要がある。

盆上を眺め、凡天陣の孤立した馬を成鳳凰《なりほうおう》で取る。鳳凰の筋が変わり、凡天の守りの穴である、浮いた将を狙っている。将の下に衆を打って守りを固めることを促す手。

しかし、それは神速の寄せの第一手だった。

まだ先はしばし長い。まだ寄せ合いが続く。そう思っていれば、死ぬ。

凡天は、その手を見て、体を起こす。

まさか、気づけるのか。紅英は内心で感嘆する。だが紅英陣にはまだ寄せが届かないはずだ。紅英はそう大局を読み切っていた。気づいて無理攻めしたとしても、息切れする。

息が途切れた時が、凡天の死に時になる。

凡天は息をするのを止めたかのように静止する。盆を凝視している。刻が過ぎていく。

早指しで終盤にしては残っていた刻が、なくなっていく。

このまま指さぬのか、とさえ思われかけた刻が落ちきる間際、刻に追いやられるようにたどたどしい手つきで、凡天は持ち駒を盆上に置く。

紅英は息を止める。完全に読んでいない手だった。

何だこの、無駄捨ての一手は。最初に頭をそうよぎる。

それは紅英の囲いの衆頭にただ臣を打っただけだった。ただ捨ての一手だった。こんな手は見たことがない。ただ一駒損するだけの手を、一駒の損得が生死を左右する終盤で放つとは。ただ捨ては寄せではままある。だがしかし、これはあまりに無駄捨てに過ぎる。

しかも、寄せに必須の臣の駒を、これほど無駄に打つ手など、普通は読み筋として思い浮かぶことなどない。そこは確かに、凡天に一手渡された折、紅英が仕掛けた攻め手で空いた場所だった。だがそこにはどの駒も効いていない、空隙《くうげき》のはず。あまりにも異常な手ゆえ、その異常さが何かあると告げている。

紅英は、その狙いを悟った。

寄せるつもりだ。

読みさえしなかった寄せ筋だった。

紅英は残り刻で読む。口に手を当てる。己の寄せが早いか、凡天の寄せが早いか。いずれの寄せも、ここからの手数が多過ぎて読みきれない。

見極めきれない。紅英は己の寄せを進める。凡天が応じる。駒がいくつも交換される。

凡天は、逃げ道を作るように帝《てい》で衆《しゅう》を取る。

だが、無駄だ。紅英が、成麒麟の帝首を塞いでいる将へと臣を寄せる。これで凡天は受けなしだ。次手が紅英に渡れば凡天は死ぬ。

凡天が、先ほどの臣を成る。紅英は応じる。凡天が帝首を続ける。紅英は考え、逃げる。

そして気づく。

持ち駒きっちり使いきり、凡天の寄せ切りができている。

先ほど帝で衆を取ったのは、この寄せを思い描いていたからだったのか。

逃げ切れない。紅英は、悟った。

「なぜ、自力でなく私に手を渡した」

神速の寄せに、神速の寄せで勝つとは。

凡天は、終局を悟り、顔を上げる。

「天盆は、二人で打つものだから」

紅英は、紅の眼を細める。

盆に相対するのは、敵ではなく、天盆をともにつくる者。

そんな考えが、あるというのか。

かつて師が言った言葉が蘇る。忘れていた言葉だった。

「天盆は、己が手を指せば、相手に手が渡る。その時、己は何もできなくなる。全《まった》き無力になる。天盆の半分は、己にはいかようにもできぬのだ」

それを聞いた時、だからこそ「自力で盆を支配しなければならない」と思った。

違った、のか。

他力本願ということ。

師の顔が、思い浮かぶ。

――そうか。

己も、自力で生きていたばかりではなかった、のか。

師のおかげで、父のおかげで、ここにあるのか。

紅英は刻の落ちきるその時、姿勢を正し、凛と告げる。

「参りました」

五十

相手が消え入るように「参りました」と告げる。

二秀は、二日目も生き残ることができた己に驚いていた。

帳君の従者の男も、ここまで残るほどの者、ただ付き添ってきただけではなく、研鑽を積み、勝つことを目指してきたに違いなく、顔を伏せたまま立ち上がらない。

勝つとは、なんだ。

師の言葉が蘇る。

「お前では、帳君様に勝てぬ」

ふと、声に二秀は我に返る。相手が絞り出すように呟いたのだった。

「勝てぬとて、向かうのみ」二秀は応えた。

刹那、高笑いが盆堂に木霊《こだま》した。

振り返れば、帳君が李空に哄笑《こうしょう》を浴びせている。

李空の背中は微かに震えていた。

「父も、子も、勝てぬのか」

帳君は愉快そのものといった口ぶりである。敗れた者を尚逃さぬやり口だった。李空は答えない。答えることができず、ただじっと座っているだけだった。二秀はその背中に李空の矜持を見た。逃げ去ることもできよう。しかしそれを己に許さない。

帳君はそれを分かっている。分かった上で、二度と立ち上がれぬまで心を砕くつもりなのだ。

「何も言わず耐えるだけか。父の名誉を取り戻すつもりだったのだろう。確か言ったな。父は逃げていないと」

獲物をなぶり殺す蛇のような目で李空を睨む。

「貴様は恥を上塗っただけだ。貴様らは、どれだけ恥を上塗りすれば気が済むのだ」

李空は耐えている。敗れた者は死さえ勝者の手の内にある。街の父への仕打ちを見て、李空はそう悟ったのか。いや、と二秀は思う。

この小さき者は、天盆打ちなのだ。勝敗しかないこの盆上に生きると己を定めているのだ。だから、耐えるのだ。

「敗れてなお恥じぬ者が、許される場所ではない。ここに来る前に殺されているべきだったのだ」

帳君が顔を近づける。李空は逃げまいと顔を上げる。一度も笑んだことのないような冷えた目が、李空を射殺そうとあった。

「貴様は戦場に立つな」

抑揚のない声が低く地を這った。

「貴様は二度と、天盆の前に座るな」

李空の目が霞む。流すまいと堪える。

流してはならない。唇を嚙み切るほどに嚙み締める。

それでも、流れようとするものがある。

なぜ、敗れた。なぜ、敗れた。

流れて、しまう。

その時、何かが嵐のように目の前を横切る。

李空と帳君の間にあった天盆が、吹っ飛んだ。

二人はその主を見る。

凡天だった。凡天が二人の間の天盆を蹴り飛ばしたのだった。

二秀が立ち上がる。あまりのことに驚いていた。凡天が天盆を粗雑に扱うなど、見たことがなかった。まして盆を蹴り飛ばすなど。

「何だ貴様」帳君が飛んできた駒をとっさに避けたまま、凡天に怒鳴る。

「天盆の前に座ってはならない者なんていない」

凡天は、座ったままの帳君を見下ろしていた。

「そんなこと決めるお前が、天盆の前に座るな」

声変わりも終えていない声で、朗々と言い放つ。

帳君は凡天を睨んだまま、立ち上がる。凡天は己よりずっと背の高い帳君をまっすぐ見上げたまま、立っている。

「貴様、死にたいのか」

「帳君殿。この盆堂で暴力は禁止されております」

陣守がかける声に、帳君は睨みで返す。陣守は一歩下がるが、帳君を見据えたままだ。

「この盆堂から無事に出られると思うなよ」

帳君は凡天を見下ろして、告げた。

五十一

夜となった。

残ったのは、永涯、帳君、二秀、凡天。

勿論夕餉に会話があろうはずもなく、それぞれが早く寝房に引き取った。

李空は凡天に深々と一礼だけして、何も言わずに盆堂を去った。戸口を出る時、一瞬振り返ったその顔は、何かを決意した男の顔であった。

昨日より少ない二局とはいえ、死力を尽くした一日である。三日目に残った興奮もあったが、それよりも疲れがいや勝っていた。

凡天と二秀は、兄弟して同じ寝房で寝ていた。

月のない闇夜だった。昨日より、蒸し暑い夜となった。夜風が生温い。

静まり返った盆所は、しじまに満ちていた。

盆所の中庭に、影が動いた。影は音もなく、盆所に上がりこむ。

最初に気づいたのは二秀だった。泥のような疲れがかえって眠りを浅くしていたのか、粘り気のある夢から覚めた。夢がまだ生々しく重さを持って残っていたが、何かの音を聞いたような気がして、深いところで意識が目を覚ます。その音が何の音かは分からなかったが、良くない音だと己の何かが感じた。

二秀が重い体を僅かにもたげて辺りを見る。蠟は消え、闇があった。

凡天の傍らに、何かがいる。

一気に覚醒する。

「誰だ」

二秀が叫ぶ。その声に凡天が目覚める。影は凡天の襟を摑み、寝房から引きずり出そうとする。凡天はその手から逃れようとする。二秀が影に近づく。ひゅっ、と空気を裂く音がして、何かが閃《ひらめ》くのに、反射的に体を後ろへ反《そ》らす。

闇夜に閃くのは、小刀だった。

凡天は小刀にも臆《おく》さぬように、影と格闘している。それでも影の力は強く、凡天を引きずったまま廊下へと出てゆく。

二秀が後を追おうと体を起こすと、廊下から凡天の悲鳴が闇夜をつんざいた。

何かが走り去る音。幾つかの近づく足音。

陣守たちが方々から駆け寄ってくる。

盆所の静けさは破られ、騒然とする。

二秀は廊下に飛び出る。

廊下に転がって、肩を押さえている凡天がいた。

五十二

右肩の骨が外れていた。

陣守の一人が骨を入れ、当て木をする。激痛は治まったようだったが、痛みは続いているらしく、顔が青白い。凡天は痛みを堪えるように、鼻でか細く息を繰り返していた。

何人かが影を探したが、消えた後だった。

永涯も帳君も目を覚まし、皆が集まるところに来ていた。二秀は帳君を見る。帳君の顔には表情はなく、ただ痛みに耐える凡天を見下ろしていた。

二秀も交えて陣守が協議し、朝まで散会となった。

朝、陣守が凡天の様子を再び確認する。鈍い痛みが続いており、陣守が触れるだけで凡天は声もなく顔をしかめる。右腕を動かすこともできなかった。

陣守は、凡天に三日目を如何《いかが》する、と問うた。

凡天は、やる、と当たり前のことのように答えるのみだった。

利き手の左は無事だが、朝餉さえ食べることができない様に、二秀は止めるべきかと思案する。

「凡天、お前はまだ今年だけじゃない」

凡天は二秀を見て、微笑んだ。

「大丈夫」

二人だけしかいない食堂で、飯をたいらげる。

「意地か」二秀が問う。昨夜の影は、帳君の手によるもの。二秀はそう思っていた。二秀だけではない。おそらくこの盆所にいる皆、そう頭によぎっているはずだ。だが、何も証《あかし》がない。今問い詰めても、とがめ切れないと誰もが分かっていた。もし帳君の手によるならば、巧妙狡猾《こうかつ》だった。命に別状はない。天盆ができない訳ではない。しかし、痛みで頭は乱される。

凡天は答えない。

朝の光が眩《まぶ》しい。蒸し暑い一日になりそうだった。

盆堂の入口では、帳君が明るい光の中、家の伝令であろう者と話をしていた。

永涯はちらと当て木をする凡天を見る。その顔はいつもと変わらぬ厳しさであったが、微かに、憐憫が窺えた。

盆堂にあるのは、天盆二つのみ。

籤の号令がかかる。

永涯と二秀の盆が先に決まった。残りは、必然に決まる。

「凡天。帳君は先手の魔王と呼ばれているそうだ。気をつけるのだぞ」

凡天は振り返って、小さく頷いて微笑んだ。その手には、後手番が握られていた。

先に座していた凡天の前に影を作ったのは、能面の帳君だった。

「気の毒に」

その顔に、昨日までの嘲笑や哄笑はなかった。やけに冷えた目だけが、凡天を見ている。

「俺の先手番だ。先手の俺には勝てぬ」

昨日までの表情は、表の顔に過ぎぬ。そう告げていた。

「その痛みで考えられるのか」

淡々と語りかける。まるで気遣っているように。

「貴様の姉は我が父を殺そうとしたのだ。謝罪はないのか」

抑揚のない声は、暑さを掻き消すように冷たい。

「平民は常に履《は》き違える。李空の父は民を置いて逃げた。貴様の姉は罪人だ。捕まり次第、処刑される」

無表情のまま、首を鳴らす。

「そして貴様は、ここで負ける」

「六麗姉は」凡天が口を開く。

「六麗姉は、見つかったの？」

「時間の問題だ」能面の帳君は未来が見えているように告げる。

「まだ見つかってないんだ」

能面が僅かに曇る。

凡天が、笑んでいた。唇の両端を上げ、顔全体に広がる笑みだった。

子供の笑顔ではない。異常な笑顔であった。

「ならば、お前をここで倒せる」

二人の間に、沸騰するかの熱が満ちる。

太鼓が、鳴り響いた。

「始めよ」

五十三

これが、永涯か。

指し進め、すぐに二秀は感嘆を覚えた。序盤から、隙がない。こちらの意図を入り込ませる隙を作らない。僅かな意図も読み、周到にきめ細かく受けてくる。

強い。

こちらの読みはすべて筒抜けであるかのように、見抜かれる。一方、永涯の指し手は一瞬読みかねるが、しかし、刻をかけると分かる。

分かる己にも、驚いていた。

永涯の指し手の狙いを一手一手理解するにつれて、その強さの底深さに畏怖《いふ》する。いや、畏怖を超えて純粋な敬意を覚える己に二秀は気づいた。戦っている最中なのに、相手に敬意を抱くなど。

だが、その強さは紛れもなく純然たる叡智の発露だった。二秀が一手指すごとに、その意味を指した二秀以上に理解し、返す指し手を設計している。二秀の一手一手で生じる流れを、変化する流れを鋭敏に察知し、大局を精密に把握する。指される手のその手順が、緩い手に思える手の後々の意味が、鮮明に組み立てられている。その射程が恐ろしく長い。

遥か先まで見越した手ゆえ、相手がその意図を読むのに刻を要する。

どれほどの時間を研究に費やせば、ここまで盆面が鮮やかに見えるようになるのか。

どれほどの数、盆戦を繰り返せば、ここまで過《あやま》たず手筋を紡ぐことができるのか。

東盆陣の覇者、永涯。

己は今、永涯と天盆を交えているのだ。

抑えども、湧き上がる畏敬。しかしそれも、己が永涯の読みを理解できるからこそ、湧き上がるのだ。二秀は己を奮い立たせる。

己は、永涯の意図を理解できている。渡り合えているのだ。

勝てぬとは思わぬ。もう、思っておらぬ。

二秀は胸に湧き上がる震えを、今はっきりと知った。

この高みに挑みたい。

この高みに、届いてみせる。

その意思を込めて、二秀はまた一手、放つ。

五十四

先手の帳君が、盆を制していた。

もともと天盆は先手が一手有利な上に、麒麟交換の流れでまた一手得を得ると、その二手得を具体的に有利な形とすべく、前へ前への急戦に帳君は持ち込んだ。流れが急であるほど、手得は大きな開きとなる。

帳君の攻め天盆に、凡天が受け続ける、一方的な展開が続いた。

凡天の獅子が追い詰められた。

「痛むか」帳君は囁く。

明らかに帳君良しの形勢であった。帳君の攻めは凡天陣に食い込み始めており、凡天は攻めの要となっていた獅子を取られかけている。殴り続けてくるような帳君の手に対して、守りに守り、忍ぶように耐え続けている。

「痛みのせいにすればよい」

その言葉は穏やかで、凡天を気遣うようにさえ聞こえる。

凡天は盆上に目を落としたまま、動かない。しばらく、しじまが漂う。風が抜ける。凡天は浅い呼気を繰り返している。その呼気の合間に。

「二秀兄じゃなくて良かった」そう、呟いた。

帳君は表情を変えない。聞こえていないかのようだ。

凡天の額には汗が浮いていた。

「俺を狙ったのは」

呼気が乱れ、堪えるように一瞬息を止める。

ゆっくりと、左手を、上げる。

「俺が怖いから」

その声は苦しそうにかすれた。しかしその目は、光り輝いている。

左手で、白師を持ち、打った。

盆堂に、駒音が響き渡る。

「痛みのせいにする必要なんてない」

凡天は、目を上げた。帳君を正視する。

帳君は盆上から目を離さない。凡天の打った白師。攻め手であるが、帳君の攻めの要を狙う、攻防手。獅子を取れば、攻めが崩される。盆上の流れが、幾つかの前線が勃発《ぼっぱつ》する混沌へと落とされた。

帳君は凡天を睨み上げる。

「勝つから」凡天は、言った。

五十五

いつか、未知へと踏み出さなければならない。

その手を放つ時、二秀は翁の言葉を思い出した。

お互い狙いは読み合っている。しかし、紙一重でやはり何かが違う。

その紙一枚の厚みが、しかし対局が進むにつれて存在を増してゆく。超えがたきものとして圧倒的に眼前に立ち現れてくる。読み合っているのに、しかし、流れは徐々に永涯へ傾きつつある。

いかなる局面にも、永涯は動じない。二秀が揺るがす手を指しても、受け止め切る。重厚にして、不動。百戦錬磨が生んだ、勝負強さ。

その差を二秀は厳然たる事実として認めた。それを否定するのではない。それを認めないのではない。それを受け入れた上で、尚、勝つためには如何すればよいかを考えればよいだけ。

勝つとは、なんだ。

立ち向かうには、未知へ引きずり込むしかない。長考の果て、二秀は新手を放つ。その先に待っているのは、混沌、混乱、複雑の渦。

——しかし。

互いに刻をなくした早指しの応酬の果て。

全霊を尽くした二秀の手は、僅かに、届かない。永涯を、この手に摑めない。

二秀は、刻が落ちゆく中、永涯を見上げる。

死力を尽くしたのは己だけではない。相手もそうだ。それは盆を交えていれば分かる。

それなのに、永涯は背を伸ばし、乱れず、天盆を見下ろしていた。

静かに、屹立《きつりつ》と。

間違えなかった。この未知の盆面にあっても、この刻のない読み合いにあっても、永涯は、間違えなかった。最善手を指し続け、指し切った。

敗れる。その瞬間を迎えて尚、最後に二秀に去来したのも、また畏敬だった。

最善手を見る者。

それは技術や研鑽の気の遠くなる厚みがもたらすもの、ではないのだ。

二秀は、揺るぎなく天盆を見下ろす永涯を見る。

負けてはならない。

負けるわけにはゆかない。

笑わぬ顔の底に眠る、思いの強さ。

勝つとは、なんだ。

師の声が響く。

天盆から伝わり来た、永涯の奥にある思いの果てしなさを、思う。

どれほどのことをくぐり抜ければ、これほどの思いを人は胸に秘めるのか。

辛酸に、苦汁に、潰《つぶ》れることもなく前を見続けられるのか。

その重さに己が潰れてしまうほどの思いを、抱き続けられるのか。

二秀は背筋を正し、告げる。

「参りました」

この言葉に畏敬を込めたのは、初めてだった。

五十六

その言葉が浮かぶのは、昨年、東盆陣で永涯を前にした時以来だった。

死ぬのか。

帳君の仕掛けた急戦に対して、凡天は真っ向から応じてきた。互いの陣が乱され合い、帝は上へ上へと移動し、互いの帝が盆央で睨み合う全駒でのぶつかり合いとなった。

どちらも手を止めぬ攻め合いが続く。先に刀折れ矢尽きた方が、死ぬ。

己の気迫に一歩も引かぬ凡天に、帳君も攻め手を加速する。

息を止め続けて打ち合うような天盆だった。

立ち止まった方が死ぬ天盆。

帳君の額から汗が、落ちる。この餓鬼に、引き摺《ず》り込まれたのか。

凡天は、肩で息をしている。息が荒い。目を細め、時折無言で呻《うめ》くように閉じる。

帳君も、一瞬の休みも許されぬ運びに、床に手をつき、奥歯を嚙み締める。

気力の限界を超える戦いだった。

その、深海の底のような、灼熱《しゃくねつ》の奥のような、無音の中に帳君はいた。

何物とも隔絶された、生と死だけがある、無音の世界。

己しかいない。

ここには、父もいない。家名もない。その名ゆえに己に追従する者もいない。隙あらば己の足を引っ張ろうとする者もいない。

己で生き延びるしかない。

それがすべてを剝ぎ取った、この無音の世界だ。

暗黒に肌を焼かれながら、帳君は懐かしさのようなものを感じる。

勝つためには使えるものはすべてを使う。当たり前だ。それでも、すべてを使っても、最後にはこの無音の、己しかいない世界に立つ。ここで、己のみで生き残りを摑み取るしかない。

父は確かに非道で残忍だった。下劣の極みともいうべき人物であった。

しかしそれが生きるということだと、帳君は父を見て学んだ。その一点において父は比類ない。金も、絆も、名誉も、誇りも、飾りに過ぎぬ。すべての飾りを取れば、生き残ることが、生き物としてのすべてなのだ。獣を見よ。

どんな手を使っても生き残る、それこそが唯一無二の真理なのだ。

勝たなければ死ぬ。ただそれだけの真実を、どれだけ人は正視せぬことか。歪め、誤魔化し、目を逸らして生きることか。そしてその真実に摑まれたその最後の瞬間に、ようやく気づき、そのまま死ぬ。唾棄《だき》すべき醜態。

無音の世界は、死と隣り合わせの、心安らぐ世界だ。

これ以上に純粋なる世界はない。

この世界には、嘘がない。

ただひとつの真実しかない。

暗黒の中、前を見る。

凡天も、この世界に生きる者だ。帳君はそう悟っていた。

凡天の攻め手を、攻防手で返す。

兄とともにあろうと、兄姉に囲まれていようと、貴様も所詮、己のみで生きている。

この暗黒を故郷とする人間だ。

腕は、次の攻め手を繰り出し続けている。

刻はもう、とうにない。殴り合うように駒をぶつけ合うだけ。

その時。

駒音とともに、光が一筋、暗黒に瞬《またた》いた。

帳君は、目を見開く。

気のせいか。

また駒音と、光。

駒音は、光に脈打つように大きくなる。

何だ、これは。帳君は眉をひそめる。

そして。

暗黒を一閃《いっせん》する駒音がしたかと思うと、暗黒は波動のような光に満ちた。

光に圧倒され、帳君は目を閉じる。

目を閉じているのに、眩しい。

温かいものに包まれているように感じた。

しかし、それはすぐに去っていった。

目を開くと、両手を床についている己に気づく。

目の前には、最後の一手を打ったまま、その左腕を支えにして、僅かに目を開いているばかりの凡天がいた。

盆上は、改めて見るまでもなく、詰んでいた。

汗が、床へと滝のように落ちていた。

死ぬとは、こういうことか。

帳君は両手をついたまま、言った。

「参りました」

五十七

午睡の涼風が吹いていた。

凡天は、帳君との対局が終わるとそのまま、倒れるように眠りについた。

最終戦は、昼を挟んだ後に行われる。

二秀は陣守に請《こ》い、最終戦が始まるまで凡天の傍にいることを許された。

眠る凡天は、ただの童のように見えた。口が開いている。どこからどう見ても無防備で弱い童だった。

日は盆所の外を容赦なく照りつけているようだった。

それも、ここまでは届かない。

音は、外に締め出されていた。

盆堂にはその中央に、たったひとつの天盆が置かれるのみ。

やがて凡天は目覚める。肩の様子を尋ねれば、二秀を見上げ、無言で笑んだ。

陣守たちが盆堂に戻ってきて、準備を始める。

空気が、ぴん、と張る。

盆堂に、永涯が足を踏み入れていた。

陣守の無言の視線に促され、二秀は立ち上がる。

己は、ここにもういることはできない人間なのだ。

「凡天」

二秀は、思うままに凡天の名を呼んだ。

「必ず、帰ってくるのだぞ」

凡天は、一拍の間の後、ゆっくりと頷く。そして、盆前に向かうために立ち上がる。

天盆の前に座した永涯は、兄弟をじっと見ていた。

二秀は広い盆堂を戸口へと向かう。戸外の夏の光に目を細め、一瞬、盆堂の中を振り返る。

凡天と永涯が対座している。

美しい獣が二匹、対峙しているようであった。

太鼓の音が鳴り渡る。

たった二日しかいなかったのに。

そこはもう己の居場所となっていた。

しかし、もはや己がいることは許されない場所だった。

背中に陣守の声を聞く。

二秀は、二日ぶりに盆堂を後にした。

五十八

家に戻ると、少勇はいなくなっていた。

「帳強の家の者に連れていかれたみたい」

静は、戻った二秀を抱擁すると、言った。

「六麗は」

問う二秀を見返したまま、静は首を振る。

十偉の行方も知れぬままだった。しかし、それでも兄妹は二秀を変わりなく迎えた。

「惜しかったね」

「負けたら同じよ」

「でも三日目まで行ったのよ。この街で四本の指に入ったのねえ」

三鈴、四鈴、五鈴は二秀に飯をつくる。

「街に何があったのだ」

飯を食べるのもそこそこに、二秀は問うた。

盆所から帰る道すがら、街の変貌に驚いた。通りは荒れ、壊れた荷車がそのままにあり、昼というのに店には人もなく、街は騒然としていた。また陳が攻め来たのか、とはじめ思うが、どうも違う。

人々の矛先は、北街にある街庁《がいちょう》に向けられている。横目に見た街庁前の広場は怒れる人々で足の踏み場もない有様、橋まで辿り着くのがやっとのほどで、南街でも北街へ向かう人々にぶつかりながらようやく家に帰り着く始末であった。暑い大気が、さらに膨張しているかのようだ。

陳がまた攻め入る準備をしている。

しかも今度は今までより大きいという噂が、街を駆けめぐったのである。陳から旅をしてきた過客が、大軍勢を見たと伝えたのだった。次は、陳は本気だ。何度も煮え湯を飲まされ業《ごう》を煮やし、東塞《とうさい》を、そして蓋《がい》の国を獲りに来る。これは大事と東塞の街庁は、都に街の兵力増強の資金を要請する使者を出した。だが、韋駄天《いだてん》で戻ってきた使者がもたらした返答は、東塞の街を怒りに染めた。

税の追加徴収。

己も怒りに震える使者曰《いわ》く、都は東塞が数度に渡って国境を破られていることに対して、このままでは東から蓋の国は食い破られる、との危惧を強めているという。国東の守備をもはや東塞に任せるべきでない、東塞の防衛は都兵を派兵して行うべし、との決断が下った。ついてはその派兵のための費用を東塞より徴収するゆえ、速やかに書面の追加税を納めるべし。これは天守座の命である。

その報《しら》せは街にすぐ広まり、人々は激怒した。先の陳との戦いで、死者も出て、焼け跡も未だ生々しく、街は傷を負ったままである。その傷もまだ癒《い》えず復興の目処《めど》さえ立っていないこの街に対して、労《ねぎら》いもなく税を徴収するとは。

かつて都が政争に明け暮れたために壊滅した西塞が、人々の脳裏によぎった。

誰も彼もが仕事を放棄し、街庁に詰めかけた。その先頭に立っていたのは、帳強であった。

都と一戦も辞さず、の勢いで街庁を取り囲む。街の官吏たちもこの都からの命には憤懣やるかたない。東塞を挙げて都に談判すべし、と街は燃えていたのであった。

「だから少勇は大丈夫よ。帳強もあんな小物《こもの》に関わっている暇なんて今やないもの」

静は何事もないかのように言ってのける。

「夫を小物とは」二秀が苦笑する。

静は、外の夏の光を見て、笑む。「誉め言葉よ」

五十九

終盤であった。

今までの熱戦が嘘のように静かな戦いは、永涯の寄せにあった。

永涯が、また勝つ。

見守る最高齢の老陣守は、思う。

凡天は大きな手落ちをしたわけではない。事実、凡天も永涯の帝を裸にし、寄せの形までは辿り着いている。

しかし、最善手を指し続ける者には敵《かな》わないのだ。

最善手を指す者。それはつまり、見えない天の秩序を見出す者。永涯が作り出すのは、あるべきところにすべてが収まっていく天盆。美しく、静謐《せいひつ》な世界。

陣守は、永涯が負けるところを想像できなかった。

天盆の前の永涯は、極限まで研《と》がれた鋭利な剣に見えた。

最善手を指し続け、必ず相手の命へと静かに至る。

それだけでない。もの語らぬ永涯だが、陣守は一度だけ聞いたことがある。

平民の征陣者を生むのだ。それが、この蓋の国を救う初手になる。

ただ強いだけではない。誰よりも気高い。ゆえに、誰よりも強いのだ。

だからこそ、陣守には信じられない。

それでも、天盆陣では勝てぬのか。

無論、陳守も三十年来平民の征陣者が出ないことにまつわる数々の黒い噂を知っている。

しかし、永涯がそうしたことに屈する姿も、盆の前に座るこの姿からは想像できないのだ。

永涯は、何も語らない。

また細い腕を音なく伸ばし、駒を指す。

凡天は、片腕を時折押さえながら考え、永涯の打った駒を取り、逃れる。

あの小僧も末恐ろしい。陣守は歓喜を持って凡天の勝ち進む様を見守っていた。数年あらば、東を代表する天盆打ちになるだろう。

だが、今年は無理だった。

陣守たちは何も言わず、いかなる気配も殺して天盆を見守る。しかし、誰もが間もなく終局であると悟っていた。数十年陣を守り続けた老陣守にも、手に取るように分かった。

凡天が拳を床に当て、前のめりに盆を読んでいる。

刻が落ちていく。

どの天盆でも訪れる、この瞬間。

張りつめていた気が弛緩《しかん》していくようだ。

大気が、終わりを知っているように。

凡天もよく戦った。最善手に対して、揺さぶる新手をいくつもぶつける。しかしその手は、ことごとく最善手によって潰される。

凡天は幾度もぶつかっていった。そしてその度に、最善手という壁はそれを無惨なまでに微塵《みじん》に帰せしめる。まるでなかったかのように。幾度ぶつかろうと、同じ数だけ、凡天は跳ね返され、倒れる。

満身創痍《まんしんそうい》。老陣守にはそう見えた。己だけではない。盆堂にいる陣守のすべてがそう思っていることだろう。

肩のことではない。いや、肩が痛むのによくこれほどにぶつかっていった、と誉めてやるべきだ。これほどに絶対的な相手と戦ったのは初めてに違いない。だがこの小僧は逃げずに立ち向かい続けたのだ。

すべてを出し尽くしてもなお越えられない壁に遭ったのも初めてであろう。

それでも凡天は、荒い息をしながら盆を一心に見ている。刀折れ矢尽きた将を見るようだった。

老陣守は、凡天の言葉を待っていた。

その口から、その言葉が出るのを。

凡天は胸を大きく上下させている。

しかし、その息が少しずつおさまっていく。ように見えた。
老陣守は目を凝らす。
凡天の乱れていた気が整っていく。
何が起きているのか。
凡天の天盆を見る目が、僅かに見開いている。
何かが、起こっている。
凡天がゆっくり、かじりつくように見ていた盆から、顔を上げる。背筋が伸びていく。
盆を見ているのか。あるいはそこにはない何かを見ているのか。
その目が、ゆっくり上がり、相対する永涯に向けられた。
盆堂が、ふっ、と暗くなる。
日が陰ったのだ。
そう思った刹那。
盆堂に、凄まじい突風が吹き抜けた。
陣守たちは己の衣を摑み、飛ばされぬように耐えた。
天譜を記録していた者の目の前から、紙がばさばさと舞い散った。
老陣守は止まぬ突風を腕でかばいながら、薄目を開ける。
この突風の中、天盆だけは静かにそこにあった。

凡天の髪が、突風に踊っていた。

目を見開いていた。永涯を、天盆を、何かを見据えていた。

凡天の着物が、外からの風に激しくはためいている。はずなのに、凡天の内から何かがあふれ出ようと暴れているように見えた。

永涯は、目の前の凡天に何かを感じているのか、不動のまま相対している。

突風が、来た時と同じく突然に止んだ。

まるで初めから何もなかったように。

紙がひらひらと舞い落ちる。

陣守たちがおそるおそる目を開け、不思議な顔で衣を直す。

凡天の着物も、ふ、と体にまとわり戻る。その顔には、何の変わりもなかった。

だが老陣守には、何かに満ちているように見えた。

笑っているのか、悲しんでいるのか、どちらでもない表情がそこにあった。

己の中に生まれたものを受け入れているような顔であった。

凡天はゆっくりと左手を上げ、持ち駒に手をやる。

それは、今までのまさに童そのままの手つきとは違った。白鷺《しらさぎ》のように流麗な駒持ちであった。童の二本の指は、持ち駒の臣を、盆上へと打った。

ぱちん。

神の楽器のような音が、盆堂を満たした。

五二臣。

打たれた瞬間、老陣守にはその手の意味が分からなかった。なぜ、この敗北の状況にあって、このような意味の分からぬ場所に、このような駒を打つのか。足掻くならばせめて帝首をかける、必死をかける。そのいずれでもない。

そう戸惑う老陣守に、雷が落ちたような天啓が訪れた。

永涯を見る。彼の反応を見れば、分かるはずだ。

果たして永涯は、目を僅かに見開いていた。対局中に表情を出さぬ永涯が、驚いていた。

そして、次に見た光景を、後に老陣守は幾度も思い出す。

永涯は、微かに笑んだのだ。

我が天啓は、正しいのか。

凡天の手は、勝敗をひっくり返したのだ。

寄せにあれどまだ詰めに遠いと思われた永涯の帝は、この盆堂にいる誰一人として思いつきもしなかった手によって、捉えられたのだ。

神手。

まさかこんなことが、本当に起こるのか。

残されている数多《あまた》の伝説の天譜、幾多の語り継がれる神の手。

まさかそんなものが生まれるのをこの目で見る日がくるとは。

永涯は、一手進める。

凡天が、一手進める。

そして、誰にも明らかになった。

凡天は勝つ。

永涯は、しばらく盆上を見ていた。

希望を手放さぬ者にのみ、天は微笑む。

そう、呟いた。

やがて目を上げる。

その目には、盆上を見つめる時の慧敏《けいびん》さとは異なる光があった。まるで、共に背負ってくれる者を見つけて喜んでいるような、己一人で背負ってきた重さから解き放たれるかのような、眼差しに見えた。

「私には夢がある」

沈黙が掟の陣守たちが、音もなく色めき立つ。永涯が対局中に口を開くのを、初めて見たからだ。

「平民が征陣者になることだ」

永涯は、淡々と話す。

どこか嬉しそうではないか。

老陣守は耳を澄ます。

「私は天盆を愛している。天盆に統《す》べられたこの国を私は愛している。平民が征陣者になることは、この国をもう一度人々が愛するための最後の術なのだ」

永涯の澄んだ目は、凡天を見つめていた。

「そなたに、その夢を託してもよいか」

凡天は永涯を見ていた。

そして、力強く笑んだ。

「受けた」

老陣守はその光景を、生涯忘れない。

永涯は微笑み、僅かに天を見上げる。

目を瞑る。

「参りました」

老陣守の目から、涙がこぼれた。

太鼓が鳴る。その音が祝福するのは誰か。祝福されているのは、我らではあるまいか。

老陣守は思う。

かすれる声を押し留め、高らかに、宣言する。

「東盆陣よりの登陣者は、凡天と決する」

六十

僅か十歳の童が永涯を破って天盆陣登陣を果たす、という報せは盆所を出て東塞《とうさい》の街を駆けめぐるはずであった。しかし、そうはならなかった。

東塞を、都兵による制圧が襲い掛かったのである。東塞で起こった騒動を察知した都はこれを反乱と認め、都兵の一群を差し向けたのだった。

凡天が盆所を出て食堂へ帰り、静の胸の中に抱かれてから二日後、都兵による弾圧が吹き荒れた。反逆者として捉えられ、人々が道をひきずられていく。路上で雑巾のように袋叩きにあう。民は路地から路地へと逃げ、家に隠れた。だが都兵は疑わしき家に扉を破って押し入り、甕《かめ》に隠れる者をひきずり出して見る影もなく叩きのめす。

街角には亡骸《なきがら》がそのままに晒されていた。血が臭う。

大路を歩けば、木々に吊るされた人々が目に入ってくる。変わり果てた知己《ちき》をそこに見出す者も少なくなかった。風に廻る姿には、女も子供もいた。反逆者とみなされた民はもとより、その一族郎党も逃されなかった。

東塞の街は、暗雲に包まれた。

降るような蟬《せみ》しぐれの中、街庁の広場で処刑が行われることとなった。

首に縄を掛けられ処刑台に登り行くのは、帳強とその一族であった。老若男女が首縄でつながれている。

人々は、沈痛な顔で見上げた。ある者は帳家の処刑に嘆き、ある者は都兵を憎しみの眼差しで見ている。

都兵の将は兜の中から人々を睥睨し、天守座の命に背き、牙《きば》をむく者の末路は定まっていると知れ、と叫んだ。

並び、ひざまずき、頭を前に垂れる。

帳強は喚《わめ》き散らしていた。

帳君は静かに大地を見ていた。

定めに負けたのだ。

どれほど生き残ることにしがみついたとて、定めに負ければ終わるのだ。

帳君の脳裏をよぎったのは、凡天との対局で見た、あの光だった。

あの光。

無音の世界を切り裂いた、あの光。

あの光は、何だったのだろう。

首を刎《は》ねられる最後の刹那。

凡天の姿が瞼に浮かんだ。満身創痍にありながら、最後の一手から指を離さなかった凡天の姿が。

ああ。

生きるということか。

死なぬためでなく、生きるために生きるということなのか。

目を開ける。

夏の光と、人の匂いがあった。

六十一

東塞は至る所、都兵で溢れていた。

混乱に紛れて帳家から抜け出した少勇が家に戻ると、痣《あざ》のできた頬を歪めながら、凡天と二秀の快挙を喜んだ。少勇が帳強に捕らえられたことは街中に知れ渡っていたゆえ、食堂の客もみなその姿に杯をあげた。

街には戒厳令が布《し》かれていた。都兵が跋扈《ばっこ》し、夕刻以降の外出も禁じられた。そして徴税は剣と共に進められた。陳との戦いの疲れからようやく立ち直りかけた人々の顔は土と泥にまみれ、笑顔は消えていた。東塞から活気が失せ、陰鬱に染まっていった。それだけに、喜ばしい報せには、みなが顔をほころばせた。

「まさか本当に天盆陣に行くなんて」と三鈴。

「天盆しか能がないんだからよかったわ」と四鈴。

「都に行ったら買ってきて欲しいものがあるの」と五鈴。

お客にも吹聴して回り、はしゃぐ三姉妹を尻目に、九玲は凡天が都にのぼる支度を静かに進めていた。時折、目が合わぬように気をつけながら、ちらと凡天を覗き見る。凡天はそんなことに気づかず、天譜を眺めている。肩の痛みはもうなくなっているようだった。

九玲は、己の気持ちと向き合っていた。十偉に問われた時、はっきりと言い返すことができなかった。己の中にある恐れのせいで。街の人に疎まれるのが、借金取りに脅されるのが恐かったのだ。肩をかばいながら帰ってきた凡天を見て、素直に抱きとめることができなかった。今も、凡天に面と向かって話すことができないでいる。

ふと手元を見れば、凡天の替えの衣があった。広げてみる。それは、とても小さかった。こんなに小さいのに、凡天は恐れていない。それなのに。

私は、信じ抜くこともできないのか。

九玲は、衣を綺麗に畳んで風呂敷に包むと、意を決した。

「凡天」

呼ばれて、凡天はふと顔を上げる。

「どんなことがあっても、生きて帰ってきてね」

そう、告げた。

凡天はしばし何かを聞くようにじっとしていたが、やがて頷いた。

九玲はもう迷っていなかった。迷わないと決めた。

何があっても、凡天の味方であるのだと。

こそばゆいような眼差しで凡天を見る。

「士花もきっと喜んでるわ」

支度を整えて立とうとすると、端にいた王雪が微笑んでいた。何も言わず、小石と戯れている。

「でも、一人で行かせるわけにはいかないわよね」と静が頬に手を当てる。

「二秀、お前が一緒に行け」少勇は、久方振りの酒を嬉しそうに舐めている。

「よいのですか」

「よいも何も、この家で最も稼ぎの薄いのはお前だ。お前が行くのが一番家計に影響がなかろう」

九玲は、落ち込んで荷造りする二秀を励ましながら手伝うのであった。

六十二

その同じ夜。

「よく見つけたな」

闇天盆場の奥で、蠟灯りの向こうからこちらを見る男が言う。

「大工というのは人脈が広いんだよ」一龍が答える。

「腕利きか」

「親譲りさ」

十偉は、一人、場の一番奥の卓にいた。

「なぜ俺が街にいると分かったんだ」

「父が捕らわれたと聞けば、戻るだろうと思ってな」

「たかが一平民の噂が街中に広まっていたのは、一龍兄の仕業か」

「親譲りさ」

「少勇が捕らわれたと聞いたら、なぜ俺が街に戻ると分かる」

ふ、と笑いながら一龍は懐から文を出す。

「お前が、俺の大工仲間に託していった文だ。六麗と一緒に街を出るとある。帳強が父を捕らえたと聞けば、六麗は表に出てきて死のうとするだろう。お前は六麗を止めて自分が何とかしようとするはずだ」屈強な体を揺らして、にやりとする。

「俺もな、ただの体力馬鹿じゃないんだよ」

「知っているさ」ち、と舌打ちしながら十偉が言う。

「六麗は無事か」

一龍が問うと、十偉は辺りに鋭く目を配り、答える。

「ああ。少勇はどうなんだ」

「父は無事戻った」

「そうか。ならば俺も街を出る」

「待て。お前に頼みがある」一龍は、立ったまま大きな手を前に出して、十偉を制する。

立ち上がりかけた十偉に、先を続ける。

「都へ行く凡天に随行してくれ」

十偉は、顔をしかめる。

「何を言っている」

「凡天は、天盆陣登陣を果たした」

一龍がそう告げると、十偉は目を見開いた。楽しそうに、一龍は笑う。

「すごいだろう。本当にやったんだ」

「まさか」

「本当だ」

一龍が諭すように言うと、十偉は感情を嚙み殺すように顔をそらした。

「都へ行く凡天に随行してくれ」

「断る。なぜ俺なのだ」

「凡天は東盆陣の夜に、肩に怪我を負わされた。おそらく帳君の差し金、とは思うが証拠はない」

空いている椅子を引き寄せ、一龍は大きな体軀を押し込むように座る。

「都はこの街以上に物騒だ。何が起こるか分からん」

大股開いたまま、前へ乗り出す。

「頼む。凡天を守ってくれ。六麗は、家で引き取る。命に代えて守る」

一龍は、その大きな目で十偉を見定める。十偉は傷跡の残る顔で、見返す。

「なぜ俺が凡天を守らなければならないんだ」

「家族だからだ」

一龍は静かに言った。

「俺は家族とは思っていない」

そう十偉が応えた刹那。

天盆の載っていた卓が木っ端微塵《こっぱみじん》に砕けた。

一龍がその片腕で叩き割ったのだった。

蠟灯りが大きく揺れ落ちて、地面で小さく瞬く。

「お前も男だろう。男が思ってもいないことを言うな」一龍は静かに言った。

「血の繋がりが何だ」

その声は穴蔵に満ちていく。

「父と母は俺たちを拾い育ててくれた。俺たちは、同じ父と母に育てられた。それ以上に重要なことが、この世のどこにある」言わせるなこんなこと、と呟く。

「お前がどう思おうが、俺たちは家族なんだよ」

十偉はしばらく黙っていた。

地面に落ちた蠟灯りは、消えずに瞬き続けていた。

やがて顔を上げて、観念したように言った。

「随行はせぬ。陰から守る」

「構わぬ。頼んだぜ」一龍は惚れ惚れするような笑みを見せた。

十偉は、敗北したように、大きく息を吐いた。どことなく憑き物が取れたようでもあった。

「天盆、続けていたのか」その様を見ながら、打ち解けたように一龍は話しかける。

「金の為さ」

「強いのか」

「金を賭ければな」

「お前にも、親譲りのところがあるんだな」一龍の言葉に、十偉はふっ、と鼻を鳴らす。

地面の蠟火がぼぼ、と鳴った。

「なぜ」それを見ながら、小さく呟いた。

「なぜ、少勇と静は、俺たちを拾い育てたんだ」

一龍に言うでもなく、闇場の薄暗い天井を見上げて、言葉にする。

一龍は椅子の上で狭そうに軽く背伸びをする。それを見て、十偉は目を細める。

「一龍兄は知っているのか」

壁の染みを見ながら、一龍は微笑んでいる。

「おそらく、兄妹の中で知っているのは俺だけだ」

知らない過去を懐かしむように目を細める。

「静は、遊女だった」

六十三

「凡天が天盆士か」翁は微笑んだ。

「もはやお主らと盆を交わすこともなかろう」

ここ数日の街の騒動にあてられたのか、二秀と凡天が訪ねると、翁は寝込んでいた。天天譜屋が背中を起こして白湯《さゆ》を飲ませている。

「そんな」二秀は言う。

「儂《わし》は負けるのが嫌いだ」翁はほっほ、と笑う。「それ以前に、この有様だ」

「私も、ここで翁をお世話しながら、楽しみにしておりますよ」と天譜屋。

夏は終わろうとしている。

風は乾いている。

誰も打たない天盆がひとつ、陽光に照らされている。

「二秀。悔いは残ったか」

「ありません。ですが」

二秀は答える。

「勝つとはなにか、未だ分かりません」

翁はほっほ、ともうひとつ笑う。

「それでよい。そう素直に言えることが、成熟の証だ」

翁は蔵の屋根を見上げる。

「天盆は、何も動かさぬ、初めに並べた形が最も強いのだ。一手動かすたびに弱くなる。そういう盤戯なのだ。一手動かすごとに、初めにあった美しさは乱れ、強さは欠け落ちていく。それでも、打たねばならぬ。それでも、如何に打つか必死に考え、打つのだ」

翁の目は澄んでいた。

「人の生も同じじよ。如何に一手一手を重ねるか。最後に現れる軌跡。それが美しいかどうかは分からぬ。初めの生まれ来た瞬間の美しさとは程遠かろう。それでも、打つのだ」

凡天と二秀は、風に秋を感じていた。

天譜屋は、思い出すように目を細めている。

「天もまた同じ。明日も知れぬ。今乱れても、いつか美しい時もあろう」

透明な光は、昨日と変わらず、明日と変わらず、埃と戯れている。

「だからこそ、面白い。そうではないか」

空は、どこまでも高い。

六十四

凡天と二秀が明朝旅立つという、夜半。

街も、都兵も寝静まった、涼しい風だけが街を渡る時分。

食堂の入口に、ふたつの影が近づいていた。

灯りの消えている食堂の入口が開き、大きな影がそれを出迎えた。

「六麗、よく戻ったな」

大きな影が言うと、ふたつのうち小さな方の影が近づき、その頭をゆっくり大きな影に預けた。

「何も言うな。もう大丈夫だ」大きな影は片腕で抱きとめる。

ふたつの影の、残りのひとつはじっと立ったままそれを見つめている。

「入らないのか」大きな影が言う。

「このまま街の外へ先に行く」路上に残った影は、辺りを警戒する声で言い、後ずさる。

「十偉」

そこで、みっつの影のいずれとも違う声がした。十偉は、足を止める。

入口から、もうひとつの影が出てくる。

静であった。

「一龍兄だけと言ったはずだ」十偉が大きな影、一龍に言う。

「どうしても、と聞かなくてな」一龍はお手上げというように肩をすくめる。

そんな会話など無視して、静は月明かりの道へ出てきて、十偉の前に立つ。

と、十偉の頰を思い切り叩いた。小気味よい音が夜を渡る。

驚く十偉が何をされたのか認識するより先に、また静は逆の頰に平手を食らわせる。

何度も何度も往復して止まらぬ平手に、十偉は腕でかばいながら後ずさるが、静は止めない。耐え切れず十偉が倒れこむと、静はそれでも逃さず、馬乗りになり、十偉の両頰を両手で挟みこむ。な、何なんだ、と十偉は言おうとするが、頰を挟まれていて隙間風のような息しか出ない。

「理由もないのに何が家族だ、って言ったわね」

静は十偉に顔を近づけて、言った。

「理由がなくて一緒にいてはいけないの」月明かりに、絞るような声がある。

「お金のために一緒にいるの？　好きな時だけ一緒にいるの？　得だから一緒にいるの？　違うでしょう」淡々とした物言いと裏腹に、十偉は己の頰を挟む手にどんどん力が入ってくるのを感じていた。

上を見れば、静の切れ長の目があった。

美しい目だ、と十偉は思った。

静は、瞬きさえせずに十偉を見ていた。

そして、言った。

「理由がないから家族なの」

夜風が、流れていった。

月明かりの降る音が、聞こえそうだった。

十偉は、その美しい目に、観念した。

「すまなかった、母上」

その言葉を確かめるように十偉を見ていたが、静はやがて頰を挟んでいた両手をゆっくり放した。静に続いて、十偉は衣を叩きながらゆっくり立ち上がる。

砂利を払いながら、己の育った食堂を見遣る。

月明かりに、それは小さくあった。

こんなに小さくて灯りも点いていないのに、久方振りに見るそこは暖かい場所に見えた。

一龍が、六麗が、静が、そこにいた。こちらを見ていた。

十偉は、冷えゆく路上に立っていた。

己のいる場所はこちらだ。

そう、思った。

そこは育った場所だったが、もう俺が生きる場所ではない。

それでも、衆駒にも、すべきことがある。

「凡天と二秀兄は必ず無事に帰らせるよ」

「お前もだ」

静は間髪いれずにそう返した。

そう言う姿は、夜の狼《おおかみ》のように凛として路上にあった。

「帰ってこなかったら許さないから」

六十五

都は、人の渦だった。

東塞よりずっと広い大通りも、馬と人が行き来して呆《ぼう》とは歩けぬ。都の者だけではない。天盆陣を見物にと国中から人が物見遊山《ものみゆさん》に訪れている。天盆陣を告げる紅と白の御旗が、至る所で秋風にたなびく。

天伝鐘を据えた天伝塔《てんでんとう》をひとつひとつ遡《さかのぼ》っていくように街々を歩き続けて二日、都に辿り着いた凡天と二秀は、その夜は安宿に泊まると、翌朝、都の真ん中にある一際《ひときわ》壮麗な建物を見上げていた。まだ朝で、都も目覚めたばかりだった。

紅と金が鮮やかな、絢爛《けんらん》たる政と天盆の宮殿。

天慶宮《てんけいぐう》。

天盆陣の場。

その戦場は、秋の天高き下、威風をもって映えている。稠密《ちゅうみつ》なる文様の刻まれた巨大な門の前に、槍を構える都兵が待ち受けている。蓋《がい》の国の深奥。政の、天盆の聖域。そこへ踏み入る門、天正門《てんせいもん》。見上げれば、門の上方に文字が刻まれている。


天の盆を善くする者が、天に許される。


「私はここまでだ」

二秀は天正門の前で、凡天に言葉をかける。包みを肩から襷《たすき》に掛けた凡天が、振り返る。

「ありがとう。二秀兄」

「ここからは一人だ。大丈夫か」

凡天は笑顔で頷く。

「たった三日だから」

勝ち進むつもりか。思わず苦笑する。天盆陣では、東西南北の四人の登陣者による天下《てんか》戦が二戦、その勝者同士による最後の天上《てんじょう》戦、が行われる。天下戦は一日、天上戦は二日間にわたって繰り広げられる。

この小さな体が、戦い抜けるのか。そんな懸念も、一点の曇りもない凡天の顔を見ていると霧散する。

凡天が天正門の階段を登ってゆく。

門兵が認めて、近寄る。凡天は懐から、東盆陣からの登陣者であることの証たる金印を取り出し、門兵へと掲げてみせる。門兵は僅かにも意外な顔をしない。こんな童の登陣者があることも、無論知りおいている。

天が回るような轟音が鳴り響く。

巨大な門が、ゆっくりと軋《きし》みながら開いてゆく。

向こうに、広大な空間が見えてくる。

門は半分ほど開き、止まった。残響を聞きながら、二秀は、ふいに翁の昔語りを思い出す。紅英の話を思い出す。名士と官家の魔窟。

そんな場所には見えぬほど壮重な広間が、門の先には広がっていた。

中から門兵が出てきて、凡天を促す。

凡天は、とことこと、そこらの童のように入っていく。

小さな背中であった。

その背中を見ていた二秀は、思わず声をかけた。

「凡天」

凡天は足を止め、振り返る。

門の大きさに、その姿はあまりにも小さい。

二秀は階段を数段登る。

「なぜお前は天盆をするのだ」

問われた凡天は、鳩が豆鉄砲を食ったような顔をすると、しばらく彼方を見て思案していた。まるで意味を測りかねているようだった。

二秀は待った。

門兵は、物言わない。

やがて凡天は二秀に向き直る。

「楽しいから」

そう言って笑うと、門の向こうへと消えていった。その姿を隠していくように、門が閉まりゆく。二秀の眼前には、再び閉ざされた門だけがあった。二度と開かぬように、未だかつて一度も開いたことのないように。

全身を殴られ、肩を怪我し、兄に殴られ。

それでも、まだ、楽しいと言うのか。言えるのか。

二秀は門の向こうを見つめる。

そのまま、深く、一礼をした。その先にいる、小さき者へ向かって。

顔を上げる。

門は、この国の歴史そのもののように、揺るぎなく聳《そび》えていた。

この先に、この国の歴史そのものがある。この国を動かしている者たちがいる。

その奥には、この国を統《す》べる天守座が。

そして、天を統べる眷族《けんぞく》が。

六十六

天正門から遥かに奥。

天井の高い、光に満ちた書庫。

細長い書庫は、その長く高い両壁すべてが天譜で埋まっている。紅と白の棚に、気の遠くなるほどの数の天譜が遥か天井まで整然と積み上げられている。この世のすべての対局が収められているのかと錯覚するほどの果てしない量であった。

天譜庫の中央には、ひとつの天盆と譜面台が置かれているのみ。

そこに、一人の童が座っていた。

黒曜石の天盆に正対し、美しい座姿であった。

譜面台に天譜を乗せ、それを天盆に一手一手再現している。

天譜庫は静寂に満たされていた。

物音一つしない。

鳥の声も、風の音も入ってこない。

時折、ぱち、と澄んだ音が天井まで木霊するのみ。

その静謐が、甲高い扉の音で破られる。抗議するように、音は高い天譜棚を何度も往復しながら光に消えていく。童は顔を上げず、天譜に集中していた。

「白斗《はくと》」

嗄《か》れてなお芯のある声に、童は顔を上げる。政衣を纏《まと》う老人が近づいてくるのを認めた。

「天代様《てんだいさま》」

童白斗は後ずさり、頭《こうべ》を垂れようとする。それを天代は政衣から手を出し、制した。天代は白斗の指していた天盆を見下ろす。皺だらけの顔を、僅かに緩ませる。

「儂の天上戦か」

「この天譜は幾度見ても感嘆致します」白斗は顔を上げ、白い衣を直しながら応える。

「大事な対局の前には、いつもこの天譜を見ることにしております」

「儂が最も天に近かったのは、この時ぞ」

天代は遥か昔を思い出すように細い目を更に細める。目が皺に埋もれる。

「だが、お前はもっと近づけることであろう。白斗」

名を呼ばれ、白斗は居住まいを正す。

「お前は我ら白家一族《はっか》が待ち望んだ、天を代するにふさわしい血だ」

「天代様にも、父にもまだまだ届きませぬ」

「我が子は天を代するには至れぬ。お前がこの天代をいずれ継ぐのだ」

天代の目は、童を見るとは思えぬ鋭さであった。

「天を代するのは、我ら白家でなければならぬのだ」

天代は無数の天譜を見回しながら、のたまう。

「蓋の幾多の存亡の渦中で、儂は悟った。商人とて武人とて、所詮民は天の高みから世を見ることはできぬのだ。いかに天盆の才あろうと、民は最後には己の利に執着する。己の故郷を優先し、己の立身にしがみつく。蓋のすべてを、等しく高みより睥睨できるのは、この国を興した白翁《はくおう》の末裔《まつえい》たる白家だけなのだ」

物言わぬ白斗へと、振り返る。

「見よ。天守座も天慶宮も、欲のみに生きる亡者共で溢れておる。奴らに天代を譲らぬために、儂は君臨し続けてきた。亡者共は庭で遊ばせておけばよい。奴らは儂を飼いならしておるつもりだろうが、そう思わせておけばよい。すべては白家が天代にあり続けるため。白家悲願の天代への復座を、儂の代で途絶えさせぬため」

天代の声は朗々とこの国の歴史そのものたる天譜を震わせる。

白斗は黙して、頭を垂れる。

「天を代するとは、いかにか」

天代が問う。

頭を垂れたまま、白斗は答える。「盆上を統べるによって」

左様《さよう》、と天代は述べる。

「盆上を統べる者が、天を代する。民には統べる者が必要なのだ。民を駒として動かし、適切な秩序へ導く者が必要なのだ。それは、この白家をおいてない。それが蓋のためなのだ」

天代は歴史を見渡す。

「蓋は揺れておる。揺れておらぬ時はない。だからこそ常に、世に、民に、知らしめねばならぬ。我らが白家一族こそが、天を代するのであると」

垂れた頭に向かって、天代は言葉を落とす。

「それを証《あか》す時だ」

白斗は、顔を上げ、天代を見上げる。

「はい」

六十七

太鼓が、鳴り渡る。白鷺《しらさぎ》が、水面を飛び渡る。

謁見《えっけん》の間。

四人の登陣者が、並びて座す。四本の紅柱に支えられた天蓋の下。正面奥には、美しい池。登陣者の左右には、陣守や政官が居並んでいる。登陣者の前に居揃うは、十二名の天守座。この蓋を統べる者たち。

「籤の結果を申し伝える」

天守座の一人が、高らかな声を響かせる。

「天下戦・地。先手、南の登陣者、啓皇《けいおう》」

は、と壮麗な衣を纏う壮年の男が頭を垂れる。

「後手、東の登陣者、凡天」

凡天は、は、と傍らの男を真似、頭を垂れる。

顔を上げると、天守座の中央に座る禿頭の老人の視線にあう。

「天下戦・人。先手、北の登陣者、白斗《はくと》」

純白の衣を揺らし、白斗が頭を垂れる。

「後手、西の登陣者、玄諦《げんてい》」

は、と漆黒の衣の青年が頭を垂れる。

「天盆陣はこの蓋の国の歴史そのものである」

天守座の中央に座す天代が、謁見の間に居並ぶ衆へと述べる。

「百代に残る、天盆陣に恥じぬ盆を見せよ」

天代が述べ終えれば、四人の登陣者は再び頭を垂れる。

天守座は一同立ち上がり、謁見の間を後にする。その間、居並ぶ衆は深く頭を垂れる。

「それでは、対局の天下堂《てんかどう》へと案内致します」

登陣者は二組に分かれ、一組は謁見の間から左に、いま一組は右に、広い回廊へ歩み出る。凡天は右手に広がる美しい池が秋の光を照り返すのを眺めながら陣守について行く。

「お主、いくつだ」

傍らを歩く対局者、啓皇がにこやかに話しかける。

「十歳です」

凡天は啓皇を振り返って、屈託なく答える。

「そうか。白斗様と同い年だな。その歳で天盆陣とは、末恐ろしい」

南方にはお主らのような神童はおらぬて。啓皇は恵比寿《えびす》のような顔で頷いている。

「して、百楽門食堂は繁盛しておるか」

家の名が出たことに目を開き、凡天は啓皇を見上げる。

「どうして知ってるの」

そう問うが、啓皇は恵比寿顔に薄笑いを浮かべ、答えず歩いてゆく。やがて陣守は回廊から右手の池へと出て行く渡り橋に入る。橋は池に浮かんでいる堂へと続いている。堂は四本の柱にやはり天蓋、謁見の間よりも小さく方形であった。中央に、天盆が置かれている。陣守は四人、傍らにある刻台に一人ずつ座してゆく。

凡天は、中央の天盆の前に、座る。

天盆は輝くような黒石で、翁の蔵のものと同じく半球に足が付いている形であった。何かを秘めているような黒い天盆には、純白の石でできた駒が居並んでいる。

「古来天盆が黒曜石で半球なのは、蓋天を表しているのだ。蓋天とは、お前の上にあるこの夜空のことだ。お前を取り巻くすべて、つまり、天のことだ」

光を吸い込んでいる黒い天盆に正対しながら、凡天は翁の言葉を思い出した。

「天下戦・地。持ち刻、四刻」

陣守が宣告する。

凡天は前を見る。

相対する啓皇は、恵比寿顔の奥、薄目で凡天を見据えていた。その衣には皺ひとつない。

太鼓が一度鳴る。

二度鳴る。

三度鳴る。

水面の青空を揺らす。

「始めよ」

そして、蓋《がい》の国最後となる天盆陣が、始まった。

六十八

都の盆所では、天下戦を再現する二つの天盆に人だかりである。

対局はいずれもまだ序盤といったところ。

昼刻になりつつある。

天盆陣開陣の太鼓からまもなく、対局の組み合わせが天伝士から伝わり来ると、都の盆所のひとつは待ってましたと沸いた。さすが都、盆所も賑やかである、と二秀は人混みの中で感嘆する。札に二つの対局が書かれ、壁に掛けられる。

「神童対局は見られずか」

「こりゃ天上戦は白斗《はくと》様対啓皇《けいおう》で決まりだな」

「見ろ。俺の言ったとおりであろう」

二秀はそこここで交わされる話に耳をそばだてる。隣の酒場から、酒がどんどん運び込まれてくる。

「凡天とやら、可哀想にな」

「ああ。僅か十歳なのになあ」

人々の口調に、二秀は眉をひそめる。天伝士が来て、走り去る。次手が伝えられる。ふたつ用意された天盆それぞれで、天下戦の二局が再現されていく。その周りは、酒を片手に寄り集う衆で溢れている。

「もし」二秀は近くにいた黒髭の男に声をかける。

「なぜ、凡天とやらは可哀想なのですか」

黒髭の男は既に赤い顔をしている。仕事を放棄して天盆陣にことかけて呑んでやろう、と豪語していた。

「はっはっは。お主、都の者でないな」

図星なので、曖昧《あいまい》な笑みを浮かべながら、先を促す。黒髭男は酒をぐいっと呷る。

「啓皇は天盆士なのよ。南部の官吏《かんり》の名家筋だ」

「勿論存じております。天盆士となっても尚研鑽を怠らず出陣し続け、それだけでなく毎年のように登陣し続けておられる名人です」

二秀が言うと、周りで聞いていた者たちが一斉に笑う。

いる。

「無論強いことは強い。文句なく強い。だがな」

黒髭男は周りの馴染みと目配せする。「強いだけではない」

その言い方にひっかかるものを感じる。

「強いだけで、こんなに毎年毎年登陣し続けられると思うか」

黒髭男はまた酒を呷る。天伝士が来て、走り去る。対局は一手、また一手と進んでいる。

黒髭男は口を拭うと、にやりと陰のある笑みで二秀に近づき、低い声で囁《ささや》く。

「奴の今までの天盆陣での結果を見てみろ。面白いぞ。平民出にはことごとく勝利している。ことごとくだ。ところが、名士や官家出にはすべて敗れている」

面白いだろう、と顔を離す。

二秀はその意味を考えている。考えずとも、黒い想像が立ち込める。

「凡天という小僧は勝てぬだろうな。もし啓皇が白斗様とあたったならば、啓皇は負けていただろうがな」

悪寒を感じながらも、眉をひそめたままでいると、黒髭男の脇で酒を呷っていた胡瓜《きゅうり》のような顔の男が、口を出してくる。

「お主、南部の者でもないな」

「東部です」

黒髭男はふん、と鼻を鳴らす。「東部は内々で争っておって、天慶宮には食い込んでおらぬからな」その呟きに黒い笑いを漏らして、胡瓜男が二秀に説く。「南部は山が多く貧しい。啓皇が南部でどの位力があるか分かるか」

「なにせ天慶宮で長く登用されている。南塞《なんさい》の街庁など奴の庭だろうよ」

「だが天守座には選ばれぬな」

「重鎮がおるからな。なあに、尻尾を振って己が甘い汁を吸えておればよいのだ」

「そのためには天慶宮におわす歴々のお役に立たねばならんわな」

酒で口が軽くなったのだろう、二人は小気味よく掛け合ってがははと笑う。

よく聞け東部の若人《わこうど》、と黒髭男は呂律が回らなくなりながら語る。

「啓皇は天盆陣で平民を征陣させぬための門番なのよ」

数々の噂を耳にはしたが、さすがにここまでの話は二秀にも初めてであり、俄《にわ》かに信じがたい。

「しかし門番と言っても、平民にも強き者はおります」

今どき珍しい二秀の世間知らずさに打たれたのか、黒髭男は酒臭い息を吐く。

次に出た一言は、小声であった。

「家族よ」

ぽつりと出た、その言葉の意味を測りかねる二秀に、顔を近づけてもう一度囁く。

「家族を人質にとるのだよ」

その声は、酒に焼けて低い。

「そんな」二秀は、そう絞り出すのが精一杯であった。「そんなことが、真に」

目を見開いている二秀を見て、黒髭男はぶっと噴き出す。

「噂だ。知らん」

黒髭男と胡瓜男は、まるでからかいが成功したように大笑いした。

「そんな噂、五万とあるわ」二秀を太い腕で左右からこづく。おお怖《こえ》え、とおどけて笑う。

黒髭男が、おい酒、と小間使いに向かって怒鳴る。

なぜ、平民の征陣者が三十年の長きに亘《わた》り、出ないのか。

なぜ、永涯が天盆陣では勝てぬのか。家族を人質に脅されたのなら、あるいは。筋が通ることに、かえってぞっとする。いや、違う。ならばなぜ。

なぜ、永涯はそれでも天盆陣に出続けたのか。

この噂が真でなく、実力で敗れ続けたからではないのか。

そうだ、その方が筋が通る。通るはずだ。

しかし、仮に噂が真だったら。それでも天盆陣に出続けようとなど、するものだろうか。

ああ、と二秀は声を漏らす。

信じ続けたのか。

たとえ脅しにあって今年は断念したとしても、来年は脅しがなくなるかもしれない。来年が無理でも、再来年であれば。いつか、いつか。

いつか、陰謀のない、純然と戦える天盆陣がくるのではないか。

二秀は、永涯の凜然と座る姿を思い浮かべる。

それほどの思いで。それほどの思いを一人で。

何かを振り払うように首を振る。いや、噂に過ぎぬかもしれぬ。やはり信じられぬ、との思いに眩暈《めまい》がする。蓋の国の聖事たる天盆陣で、そのような。

「天盆陣だからこそだ」誰かが言う。

「だとしたら、天守座の人選が金で決まっとるという噂も真だな」

「やめろやめろ。酒が不味《まず》くなるわ」

「そうだとしても、そうでなかったとしても、所詮我らにはどうすることもできぬ」

「今年は平民が二人も出たのだ。面白いってもんだ」

「何でもいい。啓皇に賭けた俺の金が増えればな」

二秀は、寒気がして辺りを見回す。酒を片手に喚き騒ぐ都衆の宴があるばかりだった。

刹那、肩を思い切り摑まれる。

驚き振り返る。

「喋るな。表に出ろ」

六十九

凡天と啓皇《けいおう》の盆戦は、序盤を終えつつあり、いずれが仕掛け始めるか、という段に差し掛かっていた。

啓皇は考える折も恵比寿《えびす》顔のままである。笑みを浮かべながら、盆上を見下ろしている。傍で見ていれば、思案するのも楽しげである。扇子《せんす》を開き、懐をゆるりと扇《あお》いでいる。己の手番、思案に目を落としたまま、啓皇はふと、呟いた。

「お主の父は、実の父ではないそうだな」

刻を計り、天譜を記している陣守には聞こえぬ、小声であった。盆から目は上げない。

「父は父だ」凡天は何のこともなく答える。

「血は繋がっていないのだろう」

凡天は答えず、盆上に目を落とす。

「そうか。尊敬しておるのか」

啓皇は、一人で得心したように恵比寿顔で幾度も頷く。そのまま手を指す。様子見の手であった。凡天は水面を風がささ渡るあいだ考え、次手を打つ。啓皇に伺《うかが》いを立てる一手だった。何気ない一手であったが、相手を測る一手でもある。啓皇は目を細める。恵比寿顔が気づかぬほどに陰るが、すぐに戻る。その手の意味を理解している。先ほどとは違う、小さな頷きが数度。何かを測り終えたかのようにも見える。

扇子を扇ぐ手が、止まる。

ぴしゃりと音を立てて、啓皇は扇子を閉じた。

「そんな父が死ぬとなれば、哀しかろう」

何気ない天気の話のように、言った。

盆面を見ていた凡天が、顔を上げる。

啓皇の二つの三日月目が、そこにあった。

「お主次第だ」

三日月の双眸が、そう告げた。黒目には一切の光がない。

「分かるか、この意味が」

水面を秋風がささあっ、と駆け抜けていく音を、凡天は聞いた。

七十

「十偉。なぜお前がここにいるのだ」

人のない小路で、二秀は問う。

「そんなことはどうでもいい」

十偉は声を抑えて鋭く言い放つ。いいことがあるかと反論しようとした二秀は、その剣幕を察する。

「少勇が殺される」

十偉の言葉に、二秀は顔色を失う。

「どういうことだ。なぜそんなことを知っている」

「闇には闇の繋がりがある。表に天伝網《てんでんもう》があるように。表より素早く情報を知ることができるようにしておかなきゃ、闇は生き残れないのさ」

「なぜお前はここにいる」最初の問いに戻る。混乱している。

「一龍兄に頼まれた」

「何をだ」

「二秀兄と凡天を守ることを」

そう言いながらも十偉が辺りを窺うので、二秀も左右を見る。

「まさか出番が来るとはな。いいか兄、俺から絶対に離れるな」

「何が起きているのだ」

「都兵たちが、百楽門に押し入った」十偉はまた辺りをすばやく窺いながら、続ける。

卓が倒される大きな音がする。

昼前の早飯に来ていた、食堂の客たちは逃げ出した。三人姉妹が抗議の声を上げるが、都兵は躊躇《ためら》うこともなく三人姉妹の頬を張り、彼女たちは気絶する。

「なぜ、こんなことを」九玲が涙声で言う。兜を被っていない一人が近づく。九玲はびくっ、と怯えた顔をするが、動かずに見上げ続ける。間に、静が入る。何も言わない。

一龍、七角八角は仕事に出ている。男手はいない。

奥の家で、六麗は歯ぎしりしている。王雪が押し留めながら、食堂の様子に耳を澄ます。

都兵は、静を冷ややかな目で見下ろしていた。静はただ、見返すのみ。表情はない。

大きな音がする。別の都兵が、卓を端から蹴り倒していく。

静はそちらさえ見ない。ただ目の前の一人をもの言わず見上げている。

相対する黒肌の顔は、薄く、貼り付くような冷笑を浮かべている。

戸口に人影が現れる。都兵たちが振り返る。

「南部の者だな、あんたら」少勇は微笑む。東塞にも天下戦の組み合わせは既に伝わり来ていた。「これは正規の仕事ではないだろう」

「貴様らが知る必要はない。知ることもできんよ」静の前にいる一人が嘲笑する。

「あんたらの用は、俺だけ連れて行けば事足りるだろう」

都兵は値踏みするように少勇を見る。

「全員人質にすりゃ面倒だし、騒ぎは広まらぬ方がよかろうよ」

「お前が少勇か」

「どう考えても一家の主だろうよ、この貫禄は」少勇が首を鳴らす。

兜を被らぬ一人が、合図する。近くの都兵が少勇の腹に拳を入れる。少勇は情けない声を出して、地面に這《は》いつくばる。数人が幾度も蹴り上げる。少勇は砂利まみれで呻いていた。

一龍が客から話を聞いて駆け戻った時には、都兵が虫の息の少勇をひきずって出て行った後だった。

「南部、だと」

二秀の脳裏に、盆所の酔客たちの話がよぎる。寒気がまた足から忍び上がってくる。

「噂は、真なのか」

小路にあって、二秀は天慶宮《てんけいぐう》の方を見遣る。

「凡天」

七十一

凡天はまた、早指しをした。啓皇の打った駒音がまだ堂の屋根に残響しているほどであった。

啓皇は凡天が早指しを始めたのに、最初は何事かと目を細める。すぐに、これは早く投了へと至るためか、と得心する。これまでの他の者たちと同じように。気持ちは分かる。親族のことが気が気でないはず、逆さ吊りにされているような時間だ、生きた心地さえしないだろう。だが所詮童だ、大人ならばもう少し自然に終わるように見せるものを。内心軽く舌打ちをしながらも、啓皇はいつも通りに思案と駒打ちを進めていく。

そのうち、微かな違和感が胸をよぎる。

啓皇は天盆の腕も申し分ないが、己の真の才は、如才なさにあると思っていた。僅かなことにでも敏感に反応する、気づくことができる。気づく瞬間のその僅かな差が、生き残るにあたって大きな、そして決定的な意味を持つことを啓皇は知っていた。だからこそ、古いだけで没落の一途だった官家から、ここまで登り詰めることができたのだ。腹の探り合いと蹴落とし合いの坩堝《るつぼ》たる天慶宮でここまで生き残ってきたのだ。

その己の感覚が、何かがおかしいと警告を発していた。

盆面は中盤で駒が入り乱れ始めているが、どちらがはっきり優勢、と見える局面ではまだない。

だが、己の勘が告げている。

己が思っている通りにことが運んでいないのではないか。

啓皇は、あくまで恵比寿顔で次手を指す。

凡天はまたも間を置かずに応手した。

その手を見て啓皇は確信する。強引な攻めの手だった。ぱっと見れば無理筋と多くは思う手だろう。だがその攻め手は、啓皇のまだ手厚い守りの、最も弱い部分へと切り込もうとした。それでも、続かぬ攻めであると普通は考える。攻めたが、届かなかった。そういう筋書きで負け筋をつけようとしている。そう捉えることもできる。そう捉えてもおかしくない。

しかし、啓皇は確信する。

この餓鬼は、負けようとしていない。

凡天は盆上を見ている。目を上げようとさえしない。盆上を読み続けている。

「お主、父が今どこにいるか、知っているか」

凡天は構うそぶりも見せない。啓皇は目を細める。盆上にしばし集中し、次手を放つ。守りを固めることを促す手であった。

だが、凡天はさらに攻めの手管を打ち据える。

啓皇は恵比寿顔のままである。それは一朝一夕にできたものではない。いかなる状況にあろうと、己の心情を顔に出さぬための鉄仮面だった。心情が高ぶれば高ぶるほどに、恵比寿顔はその笑みを吊り上げていく。

「父が死んでもよいのか」

盆上を見たまま、凡天は答えない。

恵比寿顔は、駒が震えるような声を出した。

「お主のせいで、父が死ぬのだ」

凡天が、ようやく、ゆっくりと目を上げ、恵比寿顔を見定める。それを見て満足そうに笑むと、啓皇は次手をやわらかく、指した。

さすれば。

その手を読んでいたかのように、盆上も見ず、恵比寿顔をまっすぐに見たまま、凡天は次手を叩きつけるように打った。

決戦を挑む手であった。

恵比寿顔が、初めて、僅かに、しかしはっきりと乱れる。

「父がここにいたら、きっと言う」

凡天はその顔を見定めている。その目だけが、射殺すように鋭い。

「お前の好きなように打て、と」

七十二

「静は、遊女だった」一龍が語った話を、十偉は二秀に語り始める。盆所に戻り、入口から一番遠い隅に座している。酒宴と一手ごとの一喜一憂がさんざめいている。

きっぷのよい、評判の遊女だったそうだ。少勇は客だったのか、って？ ただの駆け出し大工が、そんな豪遊できるはずがない。

今と変わらぬ時代だったそうだ。金持ちは常に金持ちで、貧乏人は毎日死んでいた。少勇は親も死んで一人だったが、それでも毎日仲間と共に明日も知れず鋸《のこぎり》をふるい、遊び、楽しかったそうだ。

だが、ある出来事が起こる。大陳攻《だいちんこう》と今では呼ばれている、あれだ。ここ数十年で最も激しかったと言われる陳の攻撃。三日三晩続き、街の大半が焼け落ちる戦だったそうだ。

夜も、燃え上がる街で昼と変わらないほどだった。大工仲間も次々戦で死んでいった。喧嘩のような戦をしながら少勇は、まるで大火事の中を走っているようだと思ったらしい。

そして、崩れ落ちつつある遊郭で、火の手に囲まれて叫んでいる遊女を見つける。周りは焼け始めている遊女の山だった。少勇は火の手に飛び込んで彼女を助けた。次々崩れ落ちる遊郭を駆け抜ける。陳兵を逃れ、ある時は卑怯に後ろから不意打って殺し、ある時は剣で腕を切られながら血まみれで相手を殴り殺す。屍骸《しがい》につまずき、死に行く者を看取り、為すすべなく敵影を避け、どれだけ走ったのかも分からず、どれほど走っているかも知れぬのに、夜はまだ一向に明けず、夜から夜へ走り続け、二人は河原に辿り着いた。

まるでこの夜は永遠に明けることがないと思われた。

天に闇があり、地に炎があった。息も絶え絶えだった。己の全身にこびりついた血が、誰のものかも分からなかった。辺りには屍骸だけがあった。二人は、河の両岸で燃え上がる街をしばらく見ていたそうだ。

何もなくなるわ。

静が、小さく言った。

誰もいなくなってしまう。

炎を見ながら、息を吐く。

馬鹿言うな。

静が振り向く。隣には、血まみれの少勇がいた。

俺とお前がいる。

二人いれば、どこまでだって生きてゆける。

この永遠の夜にあって、少勇の瞳だけに光があった。そうだ。

静は答えた。

そうだね。

その時、静は思ったのだという。

誰かも知らない。未だ名すら知らない。どんな男かも分からない。

それでも、私は。

この男と生きて生きて、生き抜こうと。

己の中に生まれた意志を受け入れて、男を見る。

二人は何かを確かめるように、互いを見ていた。

すると、夜風が微かに、二人の耳に運んできたのだ。

赤子の泣き声を。

二人は河原を降り、声を探し、そして、一人の赤子を見つける。

粗末な布に包まれ、叢《くさむら》に隠されたように、赤子はあった。

誰かが捨てたのか。あるいは。敵兵に見つかりそうになった誰かが、赤子だけでもと祈るように隠したのか。静は屈んで、赤子を見た。赤子は、元気な男児だった。大きな目をしている。その目は静を見つけて、見つめ返してくる。

静は振り返り、少勇を見上げる。

どうしよう。

静は問う。

少勇は、何事もないように、笑って答えた。

二人で生きるより、三人で生きる方が面白かろうさ。

その時の子が、俺だった。一龍と名づけられた。

静は、その時はもう子のできない体だったのだそうだ。少勇も詳しくは知らんらしい。

遊郭で生きてきたのだ、いろいろあったのだろう。知らなくたっていいさと少勇は言った。俺は父に訊いた。なぜ俺だけならともかく、貧しいくせにこんなに子を拾い続けるのかと。

父は中庭で月を見上げながら、こう答えた。

「理由がなきゃいけないのか」

それから、弟妹一人一人を拾った時の話を夜通し聞いたのだ。

後にも先にも、そういう話を父がしたのは、その夜一度きりだった。

何ということはない夜だった。父は酔っていた。だがな。

嬉しそうに語る月明かりの横顔。

俺はそれを見て、少勇を一人の男として、心底憧れた。

俺はこの父の子でよかったと、心底思った。

なあ、そう思わないか？

七十三

少勇は血まみれで、椅子に座っていた。

手は背中で縛られており、顔はうなだれて見えない。血だけが、それ自身に命あるように滴《したた》る。

街庁《がいちょう》の裏門から入った、どことも分からぬ房。

「これから死ぬ者には二通りしかいない」

南部出身の黒肌の都兵が、帷子《かたびら》を纏ったまま少勇の前に立っている。

「己がこれから死ぬことに気づいている者と、いない者だ」

お前はどっちだろうな、と問うように鼻を鳴らす。

「捨て子を酔狂で拾ってこういう目に遭うとは、不憫《ふびん》な奴だ」

「善行を積んだつもりだろうが、只の馬鹿なのだ」

都兵たちが帷子を鳴らして笑う。

「どうだ。拾った子のせいで死を迎える気分は。血も繋がらぬ子のために死なねばならぬ気分は」

黒肌の都兵が少勇の真正面で屈む。目の前に少勇の頭がある。

「安心しろ。お前は死なん。今まで、誰もが家族を選んできた。たとえ捨て子でも、恩義を感じていればお前を選ぶさ」

ぱん、と軽く少勇の頰を叩く。口から、血が弧を描いて跳ぶ。

それで目が覚めたように、少勇はゆっくり、顔を上げる。真紅に腫れた唇が、僅かに笑んでいる。

「好きに打てばいいさ」

かすれた声で、そう言った。

黒肌の都兵は、鼻で笑う。

「死ぬ覚悟はできているというわけか」

「勿論、悪くない」

「何だと？」

「子のせいで死を迎える気分さ」少勇はぽつりぽつりと開かぬ口で呟く。

「殴りすぎたようだ」都兵は玩具に飽きたように立ち上がる。

それを追うように、少勇は顔をさらに上げる。

「あんたは子があるのか」

「貴様と違って我が血を引く嫡子《ちゃくし》だ」振り返って誇るように告げる。

「子の決断で命を捨てる覚悟はないのか」

「正気か。子が父のために尽くすのが当然であろう」

黒肌の都兵がそう言って会話を切り、他の都兵と話をしようとした。その動きが止まる。

少勇は、動かぬ口で、はっは、と笑っていた。

ひとしきり笑い終えて都兵を見据える。もう幾ほども開いておらぬ目で。

「貴様はそんな覚悟もなく親をしているのか」

都兵はその言葉に、少勇を振り返る。

椅子に縛られ、血だらけの少勇は、しかし都兵を凜然と見据えていた。

「あいつらのお陰で、どれほど俺の人生は楽しかったか。毎日毎日、やらかしてくれるあいつらを見ているだけで、どれほど俺の日々は面白かったか。その礼に、この命くらいならいくらだってやるさ」

可哀想に、と少勇は笑った。

「貴様らは、その己《おの》が命与えたいと思えるものもなく、生きているのか」

そう言うと、笑みを浮かべたまま咳をする。都兵が一人、また一人と立ち上がっていく。彼らにもう笑みはなかった。この房で笑っているのは、少勇だけだった。

言葉もないのに、一人一人が剣に手をかける。

「子の決断を待たずに、死ぬか」

黒肌の都兵が、抑揚なく、言う。

その時、遠く、外から、騒ぎが聞こえてきた。

一龍や客が事の次第を知らせ、それを最後の引金《ひきがね》に、圧政に対する不満と怒りを溜めに溜めていた東塞の民がついに蜂起したのであった。

先日の戒厳令から都兵が本拠にしている街庁へと、老若男女、全民が手に入る武器を持って雪崩《なだ》れ込んだ。

七十四

その引金を引いたのは、しかし一龍ではなかった。

父少勇が捕らわれたことを知った一龍は、一部始終を目撃していた客と一緒に、食堂を飛び出した。仲間や知り合いに加勢を頼みに行ったのだった。現場を回り、事態を話してはその仲間にも加勢を集めに走ってもらい、また別の現場へ行く。その途中に屋台で油を売っている知己を見つければ声をかけ、また走らせる。

凡天の天下戦は、夕刻前には決着するだろう。もし万が一凡天が勝つようなことあらば、少勇はそこで殺されるに違いない。

いや。一龍は確信していた。凡天は負けない。あいつはこんな脅しをものともせず、勝ちに行くに決まっている。父少勇を信じているからか。あるいは。

俺たちを信じているからか。一龍は南街を駆けながらほくそ笑む。あの餓鬼が。生意気な奴だ。あの小さな体のどこに、そんな蛮勇があるというのか。間に合わなければ、兄としての名折れではないか。

一龍は走りに走り、共に駆け出す人は増えていったが、街庁を征圧する都兵と喧嘩するにはまだ足りない。出くわす知己に片端から声をかけるが、しかし断る者も多い。家族を、友を殺されて失意の底にいる者がいた。都兵の圧倒的な兵力に怯える者がいた。度重なる災厄に心折れている者がいた。むしろ、そういう者の方が多かった。だが一龍は走り続けた。このまま都兵に支配されたままでいいと心底思っている者などいないはずだと。きっかけさえあれば、立ち上がる血を持つのが東塞の民だと。そう思いながらしかし、立ち寄った盆所でいよいよ凡天の戦いが大詰めになっていることを知る。

「やるしかない」一龍は事情を話し、盆所で呑んでいた者共も駆り立てる。一緒に走り出し、道々で棒やら鎌やらを手に取りながら、橋を渡って街庁前の広場に辿り着くと、そこには一人の娘がいた。

街庁防衛も兼ねて、街征圧の拠点となっていた広場は都兵で溢れていた。その中央、帷子に剣を下げた都兵たち幾人かに囲まれて、娘が立ち尽くしていた。よく見れば、その傍らに倒れている女がいる。遠くからでも、気絶していると分かる。

「静！」

一龍は叫ぶ。まさか、待てなかったのか。おおよそ静も刻限が近いと悟り、街庁に掛け合いに来たのだろう。九玲のことだ、心配のあまり、ついて来てしまったのだ。

兵と九玲の一幕を見物していた周辺の都兵たちが、こちらを見遣る。武装した集団に気づいて、幾人かは剣を抜こうとする。

「お前もこの女のようになりたいか」

九玲を威《おど》している兵はそんな周りの変化に気づかず、九玲を嘲笑っていた。

「あの小僧のせいでお前たちは皆死ぬかもしれぬぞ。とんだ疫病神だな」

そう見下している兵も、遠目であるが南部の者のようだった。

「父を出してください」

九玲は、かすれるような声で言った。

「父の心配などより己の心配をしろ。あるいは、家のお荷物者に今から負けるよう言ったらどうだ。無理だろうがな」

「父を出してください」

ますますかすれ、震えている声で九玲が言う。その直後、都兵が蹴りを入れて、九玲の足を払う。九玲はどさりと顔から倒れる。

「つまらん小娘だ」倒れた九玲の後頭部へ、兵は唾《つば》を吐いた。

あの野郎、と一龍の隣に追いついた大工仲間が吐き捨てて歩み寄ろうとするのを、一龍は止めた。なぜ止める、と振り返る仲間に答えず、一龍は九玲から目を離さない。

九玲は、ゆっくりと立ち上がっていた。顔も衣も埃まみれであった。足が震えている。

九玲は、己のか細い拳をぐっと握り締める。眩暈《めまい》のする頭で、士花のことを思い出す。家族をまっすぐに愛していたあの顔を。真っ白になっても立ち続けていたその姿を。

——誰かのために戦う奴に勝てるわけがない。

震える足が止まらない。ならば。震えさせておけばいい。

怖いと感じる以上の、勇気があればいい。

そしてまた、都兵に正対して言った。

「父を出してください」

一龍は気づく。広場を取り巻くように、人々が集まってきている。南街から加勢に追いついてきた者たち、その加勢の集団に何事かとついてきた者たち、おずおずとさらに後ろから様子を見にきている者たち、そして北街の民も騒ぎに気づいて集い始めている。

兵は鼻白むように舌打ちをすると、傍らで気絶している静に一蹴り入れる。

「お前らの命は我々に握られているのだ。我々が命じ、お前らは従う。その逆はない」

「父を出してください」

九玲は傷か泥かももはや分からぬ汚れた顔で、はっきりとまた言った。

兵は、挫《くじ》こうとして挫けぬ九玲に苛立ちを隠さぬようになっていた。

「まさかあの餓鬼によく分からん希望でも託しているんじゃなかろうな。希望なぞない。お前らに希望などないのだ」

「父を出してください」

兵が力の限り九玲の頬を叩いた。天地が分からなくなり、九玲はよろめく。

ああっ、と広場に声が広がる。気づけば、広場にいる都兵の周りは、東塞の民で埋め尽くされようとしていた。周辺の都兵たちが危険を感じて、剣に手を置きながら隊形をつくり始める。

兵が、九玲を叩いた己の手を振る。

それでも、九玲は倒れず、立っていた。口の端から、血の糸を垂らしながら。

「希望じゃない」

その声に、兵は目の前の娘を見る。

「疫病神でもない」

震える声は、広場に伝播してゆく。

「お荷物でもない」

そう言い終えると、九玲は面《おもて》を上げた。兵を、見据える。

「だったら何だ」兵が拳を握る。

九玲は答える。

「家族よ」

その声は、広場に集う東塞の民を震わせた。

「その通りだ」一龍が広場中に轟《とどろ》く鬨《とき》の声とともに鎌を振りかざし、駆け出す。仲間が雄《お》叫《たけ》びを上げて続き、都兵に襲い掛かる。それを機として、決壊したように、南街の民が、そして北街の民が、その広場に集う東塞の民が、都兵へと殺到した。

七十五

都の盆所は大狂乱となっていた。

平民が勝った。

凡天が、啓皇を破った。

この盆所だけではない。都中の盆所、いや、都中が騒然としているのが、地鳴りのように伝わってくる。あれほど啓皇に賭けていると言った男が、歓喜の涙を流しながら黒髭の男と抱き合っている。噂を口にした胡瓜男は、大徳利を抱きかかえて号泣している。盆所の中には、そこここで酒の雨が降っている。

二秀と十偉は、その祭りのような騒ぎを、隅で呆然と見ていた。

「勝ったのか」十偉が信じられないように呟く。「少勇が捕らわれたと知っているはずなのに」

二秀は、次第に、やわらかく笑みを浮かべる己に気づく。

「おそらく」

十偉から語り聞いた父の話を思う。

「それが父の望みだからだろう」

十偉は、力が抜けたように壁に寄りかかる。嗚呼、と呟く。

「そうか。そうだな。そうなんだよな。俺たちの」十偉は目を細める。「父は」

「そうなのだ」二秀が、応える。

しかも、凡天は天盆陣史上最短対局刻での勝ち名乗りであった。持ち刻が四刻ずつありながら、まだ夕刻前である。

間もなく、もうひとつの天下戦も終局した。

白斗が、刻を使い切った玄諦を下し、天上戦へ進んだ。

「こちらは下馬評どおりか」

二秀が呟く。

その報せに、都は夜まで続く乱痴気騒ぎとなった。

「信じられるか。僅か十歳の童同士の天上戦だぞ」

「しかもお前、一人は平民じゃねえか」

「平民が天上戦に出るなんて、夢みたいだ」

「いやいや相手はあの白家の末裔にして天代の孫だぞ」

「お前、これでもし平民が勝ってくれたら、お前」

「馬鹿言え、相手は名人に勝った子だぞ。今日の天下戦もお前、完勝じゃねえか」

「夢を壊すんじゃねえ」

「万一のことがあったらお前、夢どころじゃねえ、この国の歴史がひっくり返るぞ」

都は、夜を通して、秋の夜風にも冷めぬ興奮の坩堝《るつぼ》にあった。

七十六

喧騒から遠く離れて、ここには外界の騒ぎは入ってこない。

天慶宮《てんけいぐう》。

その中心部。

天下戦の行われた池の上の堂のさらに奥にある、大座敷。そこに、十二人の天守座《てんしゅざ》が、車座になっている。この十二人以外は、決して立ち入ること能《あた》わぬ場である。政の、すなわち国の、ここここそが真の中央部。ここですべてのことが定められ、決せられる。この大座敷のその名も、天守座という。夜闇の中、蠟灯りが十二の陰影を壁に象《かたど》っている。

「啓皇《けいおう》のこの度の失態は拭いがたい」

「目を掛けてやっていたというのに」

「処罰は免《まぬが》れえぬ」

「無論天慶宮にはおれまい。それだけで済むかどうか」

「瑣末《さまつ》だ。今の大事はそこではなかろう」

「東塞《とうさい》に起こった叛乱《はんらん》は夜を通して続いているとのこと」

「派兵した都兵はほぼ駆逐され、東塞を脱し始めたと聞いておるが」

「五百も派兵して、この有様か」

「明朝、都から増援を派兵せよ」

「三千、いや五千あらば十分であろう」

「肝要なのは、徹底的に支配することだ」

「半端《はんぱ》な征圧では民は理解せぬ」

「民とはつくづく忘れやすい阿呆よ」

「東の登陣者の親族はもはや捕らえられぬであろう」

「いま東の童《わらわ》の親族を狙えば、叛乱の火に油を注ぐ」

「愚かな。啓皇如き輩《やから》に似合いの姑息な手だ」

「白斗《はくと》様が万一にでも敗れると申すのか」

「無論思うておらぬ。ただ万一も許されぬと心得よ」

「白斗様の天下戦は、圧勝であった」

「白斗様の力は誇大なく抜きん出ておられる」

「末恐ろしさを感ずるほど」

「しかし、お主らは東の童の力を正しく測れておるのか」

「あの永涯《えいがい》を破ったのだぞ。最善手を指す者に」

「かの者は確かに、天の秩序が見えておるかのようであった」

「鎮《しず》まれ」車座の北方に座す天代が、場を喝《かつ》する。

「天の秩序を見出すかの者は、確かに傑物であった。だがそれは所詮、民の天盆に過ぎぬ。天の秩序をつくるこそ、統治者の天盆」

応《おう》、左様《さよう》、と唱和する声が上がる。

「天の定めは決まっている、とは奴隷の思想。我らは天の定めをつくるのだ。天に選ばれるのではない。天を統《す》べるのだ」

蠟灯りまでもが、謹聴するようにその乱れを抑えてゆく。

「あの東の童は、天の誉《ほま》れを受けておる」

天代が朗々と語れば、車座には沈黙が降りる。

「だが白斗は、天の化身」

影だけが、その声に感嘆するように揺れている。

「力をもって圧倒的に征する。それでこそ、民は二度と立ち上がれなくなる。悟らせるのだ。天を統べる我らには決して届かぬことを。恥じさせるのだ。手が届くとひとときでも夢見たことを。我らに庇護《ひご》されることこそが最善であると、その末代にまで語り継がせ刻ませるのだ」

天代は座衆を睥睨する。

「よいか。この天上戦、蓋の存亡を賭けた一戦と知れ。我らが敗れることは、蓋が滅ぶこと心得よ。我らは天を守る座ぞ。勝つという道のみと刻め」

車座が、応、と和する。

蠟灯りに、天代の目が深い闇のように輝いていた。

七十七

凡天は天慶宮の中、与えられた房にあって、格子の入った窓から月を見ていた。

白い満月が、流れる雲をその厚みまで照らしていた。

天下戦の後、蒼白の啓皇が陣守とともに去り、凡天はこの房に案内された。すれ違う陣守や都兵がどことなく動揺しており、こちらを横目で窺《うかが》っていた。

この房は、天慶宮の中でも端の端にあった。中には粗雑な厠《かわや》と寝るための毛布以外何もなく、壁一面の大きな窓には格子が入っていた。ここに入ったのは夕刻前でまだ明るかった。入ると後ろで扉が閉じられ、鍵のかかる音が響いた。

それからずっとここにいる。

暗くなった青い刻に、一度だけ扉が開き、飯が置かれた。簡素な飯だった。

月がゆっくりと中天へ向かっていくのを、凡天は壁にもたれて座り、眺めていた。

時折、虫の声が微かにするのみだった。

ふと、暗くなる。

月が雲に隠れた。

また、さあっと洗われるように明るくなる。

窓の外に、十偉がいた。

気づいた凡天は、僅かに身を乗り出す。十偉は窓の格子に顔を近づけて屈む。凡天も窓に近づく。十偉は辺りを一度左右と窺うと、凡天に向き直る。懐から握り飯の包みを取り出し、格子から入れる。

「父は、無事だ」それだけを伝えに来た、と言った。

凡天は、一瞬驚いたように目を開いたが、やがて格子の中から満面の笑顔を見せた。

二秀に懇願されて、これを伝えに来ただけだった。すぐに立ち去るはずだった。それなのに、その笑顔を見ていたら、十偉は己にも分からない感情が芽生えてくるのを感じた。

なぜ、こいつがこんな風に、格子の中におらねばならぬのだ。

それでも、こいつは何も言わず、満足そうにしている。包みを開け、握り飯を旨そうに食べ始めていた。

俺たちは家族なんだよ。一龍の声が蘇る。

十偉は、己が凡天を殴ったことを思い出し、恥ずかしくなった。謝りたかったが、それはどうしてもできなかった。そんな気持ちを隠すように、問うた。

「この房はどうだ」

「月が綺麗」

凡天が見上げている方を振り返ると、見事な月明かりだった。そういえば、家の中庭から月をどれだけ見上げておらぬだろう。月を見上げながら、十偉は格子に背を預けて地に腰掛ける。二人で、しばらく何も言わずに月を見ていた。夜は夜と思えぬほど明るく、青く、美しかった。夜風が肌寒い。

「いま、何をしたい」

己のせいで都が今宵どれほどの騒ぎになっているかを教えてやろうと思ったが、なぜかそう問うた。

「天盆」月を見上げたまま、凡天は即答する。

「昼もあんなにやったのにか」格子の中にいる凡天を見る。

凡天は笑いながら月を見ている。

「四五衆」

やがてぽつりと、十偉が呟く。

指についた米粒を舐めていた凡天は目を見開いて十偉を見ると、すぐに言う。

「四八衆」

二人は月を見ながら、目隠し天盆を夜半まで続ける。

その兄弟を、月は照らし続けた。

七十八

秋晴れの朝がどこまでも、高い。

都は常とは違う静かな興奮に包まれていた。往来する人が少ない。皆が仕事の手を止め、あるいは休み、ある者は盆所に、ある者は盆塾に集い、待っていた。通りを行く人も、何かを待ちわびるように時折天慶宮の方を見遣る。

池が、この世を寸分違《たが》わず裏返しに映す。天下戦の行われた二つの堂それぞれから池の中央へ橋を登り行くと、そこにはいまひとつの堂が待ち受けている。

反対側から、一人の少年が登ってくるのが、見えてくる。

純白の衣。

二人は天盆を挟んで、対座する。

凡天は白斗を真正面から見る。衣にも負けぬ白く澄んだ顔がそこにあった。同じ童なのに、まるで天から降りてきたかのような面立ちである。白斗は、その奥を読むことは許さぬ瞳で、すべてを見透かすように凡天を見つめ返している。その瞳は、蒼《あお》い。

「天上戦。持ち刻、八刻。封手《ふうしゅ》による休局まで、第一日とする」

二人の童の真ん中に、天盆がある。

重々しい黒曜石の半球は、すべての光を吸い込むように純黒に、この世のすべてを知っているように深奥に、すべての願いから隔絶するように蒼冷に、黒く輝いている。まるでこれから起こることを知っており、しかしあくまで沈黙を守り抜くかのごとく、静謐にある。

盆上の白く照り返る駒たちは、一糸の乱れなく居並んでいる。何かを待っているように。

太鼓が、鳴り渡る。

水面《みなも》に映る空が、高まる緊張に耐え切れぬように震える。

もう一度、太鼓が鳴り渡る。

この都を、震わせるように。

もう一度、太鼓が鳴り渡る。

蓋の国を、震わせるように。

天は、どこまでも、高い。

「始めよ」

七十九

東塞の民は、都兵を街から追い出し、街庁《がいちょう》に籠城《ろうじょう》していた。

街庁の前で、盛大な火が焚かれている。

屋根の上から見る街は、人もなく、河ばかりが秋の光を湛えて流れている。

「まるでもう廃墟だな」七角が言う。

「建て甲斐があるってもんだな」八角が応える。

街外れから、天伝鐘《てんでんしょう》の鳴り響く音が届いてくる。それを七角と八角は、下に伝える。

「天伝塔《てんでんとう》に行きます。それが私の務めですから」

朝日が昇ると、天伝塔の長はそう言って、街の外に都兵が集結していることを知りながら、街庁を後にする。それに、と彼は続けた。「歴史が変わるかもしれない盆戦を伝えなかったとしたら、代々天伝士を務めた先祖、そして子々孫々に顔向けができません」

天伝鐘が伝える手は、街庁の中を伝言されてゆき、食房にも届く。

「一手一手に随分と刻がかかるもんだ」

少勇は腫れ上がった顔で愚痴る。静が体を支えている。

「持ち刻が八刻ですからね」

天譜屋が同じ天盆を見ながら、にこにこと言う。傍らには翁が布にくるまって眠っていた。二秀から出立前に万一があればと頼まれた一龍が、荷車で翁をここまで運んだのだった。一龍が蔵に着いた時、蔵は街から出た火が飛び火し、盛大に燃え盛っていた。

天譜屋と翁は、河原でそれを見上げていた。

「ああ」と天譜屋が嘆く。「天譜がすべて燃えてしまう。あんなにも珠玉の譜たちが。蓋の国の人々の生きてきた証が」

叢《くさむら》に座して見上げていた翁は穏やかであった。

「あんなものは何でもない。あれらはすべてもう役目を終えたのだ」

天譜屋は、翁を振り返る。

「あの燃えている天譜のすべては、凡天の頭の中にある」

「すべて、ですか。まさかそんな。私が十余年かけて書き溜めてきたものです」

翁は、ほっほ、と心の底から楽しそうに笑い声を上げた。

「あやつは、あの天譜を、すべてを読み尽くした」

「まさか、そんな」もう一度言うと、天譜屋は燃え盛る炎を見る。天譜の切れ端が、火の粉となって暮れかかる天へと上っていく。

「我々がこうして天譜を残し続けていたのは、きっと、あの童のためだったのじゃろうな。だから、その役を終えてこうして天へ帰っていくのよ」

黒い煤《すす》となって、天譜は空に舞い散っていく。諦めきれぬように見上げている天譜屋に、翁は独り言のように漏らす。

「かつて白翁の頃には、天譜などなかった。天盆はただの戦場での遊びだったのだ。十二将は、彼らと命をともにした武人たちは、蓋の国を拓く戦を楽しみ、そしてその合間には天盆を楽しんだ。その時その時生まれる一手をただ楽しんでいたのだ」

翁は空を見上げる。気の早い星がただひとつ、孤独に瞬《また》いている。

「天譜など、何ほどでもない。それを受け継ぐ者がおるかどうかじゃ。たった一人の新たな一手を紡ぐ者こそ、この世のすべての天譜よりも尊い」

その二人を連れてきた一龍は、食房にはいない。「俺は天盆より喧嘩だ」と、街庁前の広場にいる。

「おいおい。こんなにのんびりやってたら、対局が終わるより先に街がやられちまうぞ」

少勇がぼやく。静が頭を叩く。

傍らには六麗がいる。九玲や王雪と一緒に、笑っている。

八十

序盤が形作られてくる。

　すると、都の盆所で、盆塾で、国中の好事家が、眉をひそめて気づき始める。

「おい」

　その者は傍らの者に言うともなく言う。

「この譜、今の天代と無峰の、あの天上戦と同じじゃないか」

　言われた者は、しばらく盆を見ていて、そういえば、と呟く。あるいは「おい、ちょっと天譜を持って来い」と塾生に申し付ける。

「本当だ。今の天代を白斗様が指している」

「ちょっと待て。知らんぞ俺は。その天上戦はどっちが勝ったのだ」

　今の天代であった。

　その天上戦は、今も語り継がれる一戦。平民の無峰という若者が天上に登り詰め、白家の俊英白玄《はくげん》に挑んだのだった。二百手を超える大激戦で、新手の応戦があり、幾度もの逆転があり、お互いがすべての刻を使い尽くし、最終的に白玄が制する。その終盤で出された手は奇跡のような手で、その手が神手《しんしゅ》と呼び称されたのが神手という言葉の始まりになったほどの名戦であった。国中の者がすべて放り出し、二日間、汗を溜め、息を殺し、この盆戦だけを見ていたと言われている。

　その天上戦の後、白玄は若くして天代となる。白家が久方振りに天代に返り咲いた瞬間であった。

その伝説の盆戦の序盤が、再現されている。意図してなのか、偶然なのか。

「また、平民が負けるのではあるまいな」

「馬鹿言え。この天譜くらい知っているであろうよ」

「童だ、たまたまかも知れぬ」

「それにしても、一体どうなるんだ」

一人、また一人と、天盆の前に釘付けになる人が増えてゆく。

八十一

その天譜を外れる新手が出たのは、二十四手目。

後手、凡天だった。

その手に、多くの者は首をかしげた。その手の狙いが掴みがたかったからだ。方々であれこれと推測が走り、様々な憶測が飛び交った。

「広げているのだ」

目を細めて、翁が小さく呟いた。

「広げている？」天譜屋が尋ねる。

「盆上の可能性を、広げているのだ。新しい可能性へと、盆を開け放っているのだ」

翁は愛おしそうにその手を見つめている。

「簡単に言えば」

「はい」

「乱しているのよ」翁は薄く笑んだ。

翁の言葉通り、そこから盆上は乱れに乱れ始めた。どちらが優勢なのかさえ判断がつかぬほど、いくつもの局地戦が生じていく。盆上は複雑化の一途を辿って行った。

白斗は顔色を変えずに、時折目を細めて、細い指で駒音を放つ。秋風がその髪をなでていく。白斗の手には、いくつもの局地戦を収束させていこうという意志が見えた。盆上を整理し、大きな流れを作ろうとしている。整然とした天を目指している、と翁は語る。

「天の流れを形作ろうとしているようじゃ」

しかし、凡天はその流れを乱していく。何事もなかった盆の端にまでも、局地戦を起こそうと仕掛ける。

伝説の天上戦の影も形も、既にない。

いまだ誰も見たことがないほど、混沌とした盆面が現出していた。

白斗によって大きな幹のような流れが盆央に形作られつつあるが、その周辺いたるところで小競《こぜ》り合《あ》いが、新流が芽を吹き出している。それらの新流は、油断して放っておけばすぐに大きな流れを乱すものにならんと、雌伏《しふく》している。

どちらが優勢か、誰も分からない。対局している二人にも、おそらく分かっていない。己の信ずるままに駒を進め、盆は二人の思惑さえ超えて大きな天となりつつある。

人々が息を止めて見守っていれば、気づくともう日が沈みかけ、青の夕が訪れていた。

凡天にも、白斗にも、疲れの色が見えている。

あまりに混沌としており、普通の天盆の幾倍も頭を使い果たしているはずだった。

白斗は己の手番だったが、刻を費やしていた。

先が、見えない。まるで無限に近しいほど、幾筋もの道が見える。そのいずれの道もが、またその少し先で幾筋にも枝分かれしていく。追いかけ光を当てていくが、見える範囲では明らかに良いと思われる筋は見えない。その先は、闇に落ちていく。

それは、凡天も同じだった。

池の水面から、日が消える。

白斗は、ふ、と息をつくと、背を起こす。

「封手《ふうしゅ》をお願いいたします」

陣守が一人、紙と筆を持って立ち上がり、白斗に渡す。白斗は立ち上がり、堂の隅に行き、座る。池を眺める。美しい天慶宮は、最も美しい刻にあり、涼風が額の汗に心地よい。

誰にも見られぬように翌朝の次手を書き記し、封をする。

第一日の盆戦が、終わった。

八十二

「今日は、東塞では小競り合いしかなかったそうだ」盆所の屋根で、十偉が告げる。「今朝、都兵の大軍が出立したのを見ただろう。たぶんあれは東塞に行く。国内の鎮圧であれほどの数なんて見たことがない。明日、おそらく総攻撃が入る」

「知らせねば」二秀が十偉を振り向く。

「もう知らせてるさ」

そうか、と二秀は言い、酒を呷った。「凄いな」

「何が」

「お前がだ」

「何を言ってるんだ」

「お前は昔から注意深かったからな」

は、と十偉は鼻で笑う。「俺は所詮衆駒だからさ。突き捨てられるだけさ」

「そんなことはない」

「本当に凄いのは、あいつだ」と、天慶宮を見る。

「凡天か」

「ああ、あいつ、本当に」そこまで言って、言葉を止める。何かを思い出しているのか、ふっ、と笑う。二秀はいぶかしがって、問う。

「昨夜、会いに行った時、何かあったのか」

十偉は月に映える天慶宮を見たままだ。

「あったなんてもんじゃないさ」

「何が、だ」二秀が眉をひそめても、十偉は楽しそうに微笑むばかりだ。「秘密さ」

それより、と話を変える。

「どっちが優勢なんだ」

二秀は首を振る。「分からん。どちらかに傾いているとは思えぬが。正直、あれほどの盆面になったら、もう私には届かない」

きっと、この夜、国中で封手が予想されているだろうが、おそらく誰にも分からないだろう。

八十三

東塞の街庁近く、夜の河原に、ふたつの影があった。

「俺、このまま死ぬかもなあ」血の混じった咳をしながら、男が言う。

「子のために死ぬのは本望なんでしょう」

「もうちょっと楽しみたいなあ」

女が、笑う。

「これ以上楽しんでどうするのよ」

「一番楽しんでいるのは凡天さ」

「そうね」

「羨ましい」

「本当に小さい男ね」

「読んで字のごとくだな」

「あなたのお陰よ」

「はっは。あいつ自身の力さ。俺は何にもしちゃいない」

「違うわ」

女は静かに言った。

「あなたが受け入れたからなのよ」

涼風が二人に流れる。

「あなたはあの時言ったわ。いまさら一人増えたところで、変わりゃあしない、って。あの子はあのまま河原にいたら、次の朝には冷たくなっていた。それをあなたがあの時、受け入れたから。だから、あの子は今あそこにいるの。あの子だけじゃない」

女は、男を見る。

「一龍も、二秀も、三鈴も、四鈴も、五鈴も、六麗も、七角も、八角も、九玲も、十偉も、士花も、王雪も。みんな、あなたが受け入れたから、こうして私たちは家族なの。そして、私も」

女は、言葉を切る。男は何も言わずに、夜空を見ていた。

「あの時、あなたが受け入れてくれたから」

河は、音もなく流れている。きっとこの先もずっと。

「ありがとう」

女が言った。

夜風が吹いた。

「楽しいか？」

男が、やがて、言う。

「お前の生は、楽しいか？」

女は、答える。

「楽しいわ」

男は、笑う。

「それでいいさ」

八十四

天守座。

十二人の車座。

「良くぞ斯様《かよう》な盆面が現れるものだ」

「それが天盆ぞ」

「左様。天盆は只なる盤戯にあらず」

「天そのもの也」

「白斗様は優勢なのか」

「まだ天秤は傾いておらぬ」

「童の力が白斗様と拮抗《きっこう》しているというのか」

「いや、無論いずれ天秤は傾くであろう。しかし」

「余りに盆面が混沌としておる」

「かほどの混沌、何が起こるか分からぬ」

「何が起こっても不思議ではない」

天代が盆面から目を上げずに、口を開く。

「答えよ。我等は何者ぞ」

「は。天守座に御座います」

「天守座とは何ぞ」

「天を統べるものに御座います」

左様、と天代が目を上げる。

「我等が天を統べるのだ」

天代に睥睨され、一人、また一人と、背筋を伸ばして応える。

「夜はある」

各々の前には、天盆が置かれている。

蠟の灯りが、そこに再現されている同じ譜を、煌々《こうこう》と照らしている。

その夜、天守座から灯りが落ちることはなかった。

翌朝。

この秋のうちでも、最も透明な光を湛えることとなった、その朝。

封手の収められている座敷に人影が現れる。白斗の寝所の戸を叩く者がある。

八十五

まるで国が無人になったようであった。
朝から、国中で天盆の前に座っていない者はほとんどいなかった。
都に、太鼓が鳴り渡る。
天伝士が、それぞれの支度を整え、朝の風に待機する。
三度太鼓が鳴り渡り、二人が堂に入ってくる。
凡天の目の前、白斗がまた対座する。
凡天は白斗を見遣る。
昨日と変わらぬ、純白の衣。透き通った面立ち。
その蒼い目には昨日とは違う光があるように、凡天は感じた。
陣守が、封手の封を解く。開き、中に書いてある手を読み上げた。
「三八黒師」
第二日、いや、最後の日が、始まる。
その手が伝令されるにつれて、国に驚きが広がっていく。
それは二秀の言ったとおり、国中の誰もが予想しなかった手であった。何気ない手である。ぱっと見、何かを整えるようで、しかしそれほど明らかな効果も分からず、一手相手に献上しているようにも思える手であった。

だが、打たれて国中の盆で検討されるにつれ、次第にこの手のもたらす意味に気づき始める者が出てきた。

「路傍《ろぼう》の石」

翁が言った。天譜屋が聞きなれない言葉に振り返る。この手、今は何ということはない、路傍の石のような手に見える。しかしおそらくこの盆面の長い変化を大きく読み取った時に、後々の変化においてこの路傍の石が重大な意味を持ってくる。この石があるせいで、あるべきであったいくつかの流れがなくなり、代わりの流れへとなっていく。白斗が昨日作りつつあった大きな流れは、この手によって、僅かに流れ方を変え、しかし凡天の仕掛ける局地戦を飲み込むうねりを作っていくことになるのではないか。

よほど大きく、そして先まで盆面を読まねば、指せない手だ。

天譜屋は、そう言われてもまだ理解したようなしていないような怪訝な顔をしている。しかしすぐに、異変に気づき、翁に手を置く。

翁が、盆面を見たまま、その細身を微かに震わせていたのであった。その顔は未だ見たこともないほど赤く、眉間に皺が寄っていた。

「まさか、天代」

天代は、天守座にあり、車座に盆戦の再現を眺めていた。周りは、封手から進みつつある盆面を見ながら、ひそひそと隣と話をしている。天代はその中にあって、物言わずじっと天盆から目を離さぬままにいた。

封手が開けられてから、しばらくは穏やかに手が続いたが、やがて昼を待たずして、昨日と打って変わって一方的な流れが形作られつつあった。封手の路傍の石、それがそこに置かれた意味を、人々は理解し始めた。

凡天の仕掛ける局地戦、大きな流れを乱そうとする手が、ことあるごとにその路傍の石によって邪魔され、阻《はば》まれるのである。その駒自体はたいした働きをしていない。ただ、そこに駒があることによって、打ち得た凡天の手が消えていくのであった。

凡天の長考が続くようになる。そしてようやく打った手も、目に見えて覆《くつがえ》されていく。国からため息が聞こえるようであった。

時を同じくして。

東塞へと、ついに都兵の大軍が攻め込んできた。

八十六

二秀と十偉は、都の大路に引きずり出され、投げ倒された。

ともに盆所で天盆を囲んでいた男たちが、何事かと出てくる。

二人は都兵に囲まれていた。

十偉が小刀を抜き、辺りを威嚇《いかく》するが、すぐに何人もの都兵に取り囲まれて小刀を奪われ、大地に組み伏せられる。暴れる十偉を、都兵は三人がかりで取り押さえる。

二秀が何事か、と声を上げる。

「貴様ら、東の登陣者の親族だな」

一昨夜、何者かが天慶宮に侵入した形跡があった。

都兵は兜の下の表情を変えずにそれだけ告げると、二秀を立たせようと引き上げる。

「待てよ。そいつらが何をしたというんだ」

盆所の入口で見ていた黒髭の男が叫ぶ。そうだ、そうだ、とともに観戦していた者たちが声を上げる。都兵たちは、都の人々に囲まれ、抗議の声を浴びていた。

が、将格の兵が一歩前に出る。膝立ちの二秀の顔へ、鎧を纏ったまま蹴りを入れた。声さえ出せず、血を口から吹き出し、二秀は己の血の上に倒れ落ちた。血は、取り囲む人々にまで飛ぶ。人々は避けるように、一歩後ずさった。

二秀兄、と十偉は叫ぶ。

将は、何事もなかったかのように辺りを睥睨する。

「こうなりたい者は前に出よ」

人々は、一人また一人と顔を伏せていく。大路は、静まり返る。

十偉は両手を捻《ひね》り上げられながら、もがき続ける。都兵たちがなお強く圧《の》し掛《か》かってくるのに抗《あらが》いながら、砂の味を嚙み締めていた。あらん限りの力で振り払って立ち上がろうとした時、視界が激震する。顔面を蹴られたのか、と認識する間もあらば、意識が遠のいていく。

畜生。

畜生。

兄さえ守れない。

俺は、己のなすべきことさえ果たせぬのか。

悔しさなのか、怒りなのかすら定まらぬ、涙が滲む。

八十七

流れが生まれてから、白斗は早かった。僅かに芽生えた流れを一気に大河へとすべく、しかるべき手を置き続けてくる。

凡天はそれでも生まれつつある流れを乱し、崩そうと試みるが、もはや大河に育ち始めた流れこそが決壊の勢いを持ち、迫り来るのだった。

白斗は大河を広げるべく、次々と駒を指し捨てていく。たとえ麒麟や獅子、鳳凰という大駒であっても、天の流れを作り出すために必要とあらば、躊躇わずに打ち込んでくる。

天代はその手筋を天守座で見て、ゆっくりと笑んだ。

そうだ。駒を使い、民を使い、天を統べる。それこそが、天の化身の務めなのだ。

大駒小駒がところ構わず雹霰《ひょうあられ》矢《や》のように降り注ぐ戦場を、凡天は駆け抜けた。奪った駒を打ち盆上の駒と壁を組ませ、駒を逃し守り固め、総動員して耐え忍んでいる。

衆を打って臣と帝への道を塞ぐ。

白師と黒師が前線で敵の前衛を食い留めながら、隙を窺う。

将が大駒の攻撃を一人奮迅《ふんじん》して敬遠する。

卜者が急所への敵持ち駒の降下を警戒する。

馬が敵の奥地で単身、攻めの最後の拠点を確保し続けている。

弓が端の攻撃を死に物狂いで留めている。

帝が自ら囲いの要となり、決壊を阻むよすがとして仁王立つ。

すべての駒をもって、どれひとつ欠けても氾濫するであろう大河を留めようとしていた。

それでも、大河は大きなうねりとなって凡天を、凡天の駒たちを飲み込もうと逆巻き、凡天陣に押し寄せ、ついに凡天の囲いは決壊を始める。

やはり、駄目なのか。

誰かが、呟いた。

隣でともに天盆を見下ろしている者だったかもしれない。あるいは、己自身の声だったのかもしれない。

それとも、誰も声にしていないのか。

国中で見守る民の心にわきおこった声なのか。

蓋が翳《かげ》っていく。

隣の者の天盆を見る目に、悲痛の陰りが浮かぶのを見た。それは己にも浮かんでいるものだった。

やはり、駄目なのか。

平民は、勝てぬのか。

歴史は、変わらぬのか。

我等は、虐《しいた》げられるしかないのか。

八十八

街庁の防壁が、破られようとしている。

正門が、がん、がん、とおぞましい音を立て、軋《きし》む。中から人々が押さえているが、その人々もがん、と音がするたびに吹っ飛ぶ。

「ここで耐えなきゃ意味ないぜ」

「もっと頑丈な門を拵《こしら》えておけってんだ」

振動に耐えながら、七角、八角は愚痴る。

「男でしょう。何とかしなさい」

「数が違うけど、逃げるなんて許さないわよ」

「凡天だって戦ってるのよ」

三鈴、四鈴、五鈴が見張り台で声を張り上げる。

街は瞬きする間に征圧され、東塞の民は街庁に残らず逃げ込み、門を閉じた。人々は洪水のように押し寄せた都兵の数に圧倒された。

天伝鐘は鳴り続けている。

食房では、女子供や負傷者が、たった一つの天盆を見下ろしている。そのどの顔にもまた、悲痛の表情が刻まれていた。凡天の苦境がはっきりとして来れば来るほどに色濃くなってゆく。最初は善戦していた街庁の壁を挟んだ籠城戦も、天伝鐘が鳴るたびに、凡天の劣勢が明らかになるほどに、立て籠っている人々の意気が萎《しぼ》んでいくように、形勢が傾き始めたのだった。

門が破られれば、我等は終わる。

誰もがそれを知っていた。知っていても、それをどうすることもできない。
ばきっと、凶なる音が響き渡る。
門の一部の木が割れ、僅かに外の空が見えた。
その音は食房まで響いた。
翁は目を瞑っていた。
天譜屋は口を一文字に結んでいた。
少勇はうずく傷口を抱え、肩で息をしていた。
静は、門を守っている子たちの方を見た。
王雪は何かを信じるように天伝鐘に耳を澄ました。
六麗は何かに縋《すが》るように天盆を睨んでいた。
九玲は、目を硬く瞑り、手を組んで額に当てていた。
強く、強く、心の中に、思い浮かべていた。
赤子の頃の凡天の顔を。
小さな手を。
物を勝手に動かして呆れられた時の表情を。
天盆に嬉しそうに向かう眼差しを。
殴られても、傷ついても、天盆に向かい続けた弟を。

心の中でひとつの言葉だけを、強く、強く、何度も繰り返し、全霊で叫ぶ。

——勝って。勝って、凡天。

八十九

終局になっていてもおかしくなかった。

いや、とっくに終局になっているはずだった。

百五十手を超えていた。

大きな流れはもはや疑いようがなく、大河は凡天陣を飲み込んで濁流となり、蹂躙《じゅうりん》し尽くしていた。それでも凡天は逃れ続け、かわし続け、抗い続けていた。

たった一人で、戦い続けていた。

迫り来る大きな流れに対して、駒を信じて、打ち込んでいく。幾度も交わされた駒が、再び凡天の駒となり、盆上へと蘇り、白斗の寄せ手を堰《せ》き止《と》める。

一人ではない。凡天には、駒たちがいた。

「何という粘りだ」

「たった十歳の童が、ここまで粘れるものなのか」

「すべての駒が、この童の手にかかると命を吹き込まれ、蘇るようだ」

人々は、天盆の前で畏怖の念に打たれ始めていた。

白斗が手を緩めているわけではない。白斗は、非の打ちどころのない手筋を進め、追い詰めていく。さながら慈悲をもたぬ鷲《わし》のように。だが、凡天は逃れ続ける。

「何なのだ、この童は」また誰かが、呟く。

白斗が寄せる。

凡天は合い駒をする。

取る。

帝が逃れる。

寄せ駒を打つ。

合い駒を打つ。

「すべての駒に、意味がある」

どこかの盆所で誰かが、呟く。それは、古《いにしえ》から言われている天盆の格言だった。まるでそれを見ているようだ、と隣の者が応える。

凡天は、粘り続ける。

凡天は、食い下がり続ける。

「このまま行けば、もしかすれば」

誰かがそう言った、直後のことだった。

国中を、胸えぐられるような悲痛が襲った。

白斗が、天槍《てんそう》を繰り出していた。

九十

「あの童は良くやった」

天代が、高らかに宣言するように述べる。

「だが、天の槍が、あの童の命を奪う。蓋の国開闢《かいびゃく》以来、一度も破られず、数多《あまた》の人間の命を奪ってきた槍が。歴史が、あの童を認めなかった。天が、あの童を許さなかったのだ」

車座の者たちはその宣言を厳粛に謹聴している。

「蓋の国始まって以来のすべての歴史が、天が、我等を選んだのだ」

祝福を与えるような光が、天守座に降り注いでいた。

九十一

「なぜ私たち、が」

二秀は、大路の真ん中で大地に倒れている。砂まみれで白い。二秀と十偉は大路の真ん中に後ろ手に縛られて繋がれ、見世物にされていた。都兵が沙汰《さた》の天令を待っている。あるいは、この仕打ちが沙汰なのか。

「天に歯向かうということを、軽く見すぎたのだ」

将が、大路の真ん中に置いた椅子に座したまま二人を見下ろしていた。周りを都兵が固めている。人々は見て見ぬ振りをするように建物から時折ちらりと窺うばかりだった。

風が、冷たくなり始めている。日が、色づいている。

その時、盆所から悲鳴と悲嘆の声が上がる。二秀は、微かに開く片目でそちらを見る。

「どうしたのだ」

将が、盆所に向かって叫んだ。おずおずと、あの黒髭の男が窓から顔を出し、答える。

「白斗様に、天槍が出ました」

二秀はそれを聞いて、目の前が真っ白になった。

まさか。

ということは、凡天は、敗れるのか。

今まで耐えてきた痛みが、数倍に膨れ上がってくるようだった。意識が遠のくのを、しかし押し留める。己のみが苦しいのではない。凡天も戦っているのだ。最後まで、ともに戦わなければ。そう二秀が唇を噛んで覚醒しようとした時。

くぐもった笑い声が聞こえてきた。

顔をその方へ向けると、倒れて気絶していたはずの十偉が、顔を伏せたまま肩を震わせていた。その震えは次第に大きくなり、はははは、と声をはっきり出して笑い始めた。まるで漏れ出して決壊するように。

「どうしたというのだ」将が薄笑って見物している。

「おい！」その呼びかけなど聞こえぬように、十偉は黒髭男へと叫ぶ。

「その天槍は、四の筋か」

異常な剣幕に押されながらも、黒髭男は、そうだ、と答える。

「凡天の二の筋に、獅子はいるか」

黒髭男は、十偉がおかしくなってしまったと思っている。彼だけではない、将も、都兵も、そして二秀も、気圧《けお》されるように十偉を見ていた。

「いるのか！」

「ああ、いる」黒髭男は怯えるように言った。

その答えを聞いて、くくくく、とまた体を折って笑う。笑いが止まらないようだった。

いや、違う。二秀は気づく。十偉は泣き出している。それも涙を流す、程度ではない。嗚咽《おえつ》している。十偉の嗚咽に、人々もこちらを見てくる。

「すべての駒に、意味があるのか」

地に這いつくばって号泣しながら、十偉はそう言った。

「王雪の言うとおりだった。こんな俺でも、こんな衆駒でも、生きている意味があったんだ」

二秀は、十偉が叫び続けるのを、ただただ聞いていた。

「俺は、あの夜のために生きていたのだ」

——十偉兄は、凡天を救うわ。

なあ、兄、と十偉は泣き笑いながら、二秀を見る。

「凡天は、天槍を食らったんじゃない」

その言葉に、二秀は戸惑いを浮かべる。

「どういうことだ」

「凡天は、必敗の流れを、粘りに粘って、ぎりぎりの最後に、天槍に自ら持ち込んだんだ」

畜生、あの野郎、と十偉は頭を地面に自ら打ちつける。それは自暴自棄でもなんでもなく、紛れもなく歓喜を示しているように、見えた。

二秀兄、と十偉は顔を上げる。

「あの夜、凡天は天槍を破ったのだ」

九十二

凡天に刻は残されていなかった。

満身創痍のようであった。

それでも、凡天は天槍の槍先を突きつけられている盆面を見ていた。

そして、最後に残った持ち駒、衆を指に取る。天盆で最も非力な駒を。

そのまま、腕を大きく上げる。

まるでその衆を、天に捧げるように。

そして、天槍の槍先へと打ちつけた。

白斗は、一瞬小さく口を開き、それが意味しようとすることを、まもなく悟った。

刻が残されていないのは、白斗も同じであった。

すぐに手を返す。凡天は手を続ける。

早指しの応酬であった。

天槍は、間もなくその槍先をくじかれ、盆面はまた混沌に落ちた。

大河は、大河を支える大地そのものが崩壊し、巨大な濁流となった。

人々は驚愕した。天槍が破られたという奇跡を目の当たりにして、俄かに呆然とする。

しかしその間にも、新たな手が紡ぎ出され続ける。人々は興奮のままに、次々と変わり続ける手を追いかける。

二人の童の汗が飛び散る中、駒が躍動した。

国中が、信じられないものを見ているように天盆にかじりつく。

次々と新手が生まれゆく天盆は、さながら万物生まれ出ずる蓋天のようであった。東塞の街庁の奥にあって、翁はその天盆に打ち震えていた。長く生き、数え切れぬ過ちと敗北を繰り返しながら、盆前に座り続けてきた、それでも。かような天盆を、いまだかつて見たことがあるか。これほどに自由であり、これほどに自在であり、なのになぜか、この上なく懐かしい。

天に選ばれるのでもない。天を統べるのでもない。

それはまるで。

「天と遊んでいるようだ」翁に、枯れ果てたはずの涙が点《とも》る。

日が沈みゆく。

陣守は己が目を疑う。夕日のせいか。対局する二人が、微かに光を帯びているように見える。

白斗は、すべてから解き放たれて、ただ天盆を指していた。

目の前を見れば、己と同じ童がいる。

瞠目《どうもく》すべき、童だった。どんな手を打っても、絶対に諦めない。どんなに絶望的な盆面でも、必ず活路を見出してくる。信じ難い相手であった。

そして初めて出会った、楽しい相手であった。

天代様から天盆の手ほどきを受けている時は、ただ敬虔《けいけん》なる畏怖があった。

天盆を打つことを、これほどに楽しいと感じたのは、生まれてより初めてだった。

僅かに目を上げる。

凡天と、目が合う。

凡天は僅かに笑った。

この期に及んで、この童は、楽しいのか。

何の制約もない。

何の掟もない。

己のすべてを解き放って、ただ、駒を打つだけ。

ただ、それだけだった。

ただ、それだけだったのか。

ただ、それだけだったのだ。


国中がその熱戦に沸いた。

国中がその激戦に涙した。

二秀は大路に這いつくばりながら、また熱気を取り戻し、狂乱と化しつつある盆所から伝えられる手筋を頭に浮かべ、そして思い出していた。


――勝つとは、なんだ。

――希望を手放さぬ者にのみ、天は微笑む。

――凡天は、いずれ天盆で世の中を変えるもの。


熱を持つ頭に、なぜなのだろう、父少勇が士花を抱き泣く姿が、浮かんだ。

そして、父の腕の中で呟いた、士花の最後の言葉が。

「楽しかった」

二秀は額を大地に押し当て、瞼を強く閉じる。堪えきれぬ思いを、嚙み締める。

己の愚かさを、知ったのだった。

父が負けていたなどと、なぜ、なぜ思ったのか。


——勝つとは、なんだ。


技術でも、努力でも、信念でも、覚悟でもない。

答えは、初めから目の前にあったのだ。

赤子の形をして。

童の形をして。

我が、弟として。


——それを最も愛する者が勝つ。


日が沈む頃、すべてを出し切った白斗は、生まれて初めて見せる笑顔で、言った。

これを天代以外に言うのは、初めてであった。

「参りました」

九十三

天伝鐘が、白斗投了の報《しら》せを、夕空に響かせる。

国中に、咆哮《ほうこう》が轟《とどろ》いた。人々の狂喜乱舞の叫びであった。

都では、盆所や盆塾から飛び出してきた人々が、大路に倒れる二秀と十偉を助け、都兵へと襲い掛かった。

そして東塞でも。

街庁の中から、まるで獣たちの咆哮のような絶叫が轟いた。

それは、門を攻めていた都兵の軍勢を怯えさせるほどの絶唱であった。

門が内側から開き、東塞の民は都兵へと突撃した。まるでそれまでと同じ人々とは思われなかった。誰も彼もが狂喜し、力を幾倍もその身から発していた。その勢いに恐れて逃げ出そうとする都兵さえ出た。

だが、その時、街の東の果てに、別の大軍勢が現れる。

熱気に包まれる空を突き刺すように、甲高い音が鳴り響く。

陳の総攻撃を告げる喇叭《らっぱ》であった。

九十四

それが、蓋の国最後の天盆陣の日のすべてである。

二十日間の戦いの後、蓋は陳に敗れ、その名を地上から消す。

蓋の民は死力を尽くし、敗れた。

その戦いの中、人々の胸に、凡天の姿があったかどうかは分からない。

蓋の名は、もはやどんな記にも残されていない。

しかし陳兵は、蓋の民のことを、国を心から愛し、どんな戦いにも決して諦めず、最後まで抗い続ける、勇猛果敢な民であったと、しばし酒語ったという。

彼らの酒語りは、いつもこう結ばれたという。

あんなに楽しそうに戦う民は、見たことがないと。

『天盆』二〇一四年七月　中央公論新社刊

中公文庫

天《てん》盆《ぼん》

2017年7月25日　初版発行
2023年10月5日　再版発行

著者　王《おう》城《じょう》夕《ゆう》紀《き》

発行者　安部順一

発行所　中央公論新社
〒100-8152　東京都千代田区大手町1-7-1
電話　販売 03-5299-1730　編集 03-5299-1890
URL https://www.chuko.co.jp/

DTP　平面惑星
印刷　三晃印刷
製本　小泉製本

©2017 Yuki OJO

Published by CHUOKORON-SHINSHA, INC.
Printed in Japan　ISBN978-4-12-206429-4 C1193

定価はカバーに表示してあります。落丁本・乱丁本はお手数ですが小社販売部宛お送り下さい。送料小社負担にてお取り替えいたします。

●本書の無断複製（コピー）は著作権法上での例外を除き禁じられています。また、代行業者等に依頼してスキャンやデジタル化を行うことは、たとえ個人や家庭内の利用を目的とする場合でも著作権法違反です。

中公文庫既刊より

各書目の下段の数字はISBNコードです。978－4－12が省略してあります。

さ-77-1
勝負師　将棋・囲碁作品集　坂口安吾
木村義雄、升田幸三、大山康晴、呉清源……、盤上の戦いに賭けた男たちを活写する。小説、観戦記、エッセイ、座談を初集成。〈巻末エッセイ〉沢木耕太郎
206574-1

ま-33-1
勝負　升田幸三
名人に香車を引いて勝つという伝説を作り、同門の大山康晴と熾烈な戦いを演じた名人・升田幸三が、人事百般について不羈奔放に語り下ろした随筆集。
204086-1

ま-33-2
王手　升田幸三
不世出の将棋名人・升田幸三の勝負哲学が奔放に語られる随筆集の第二弾。人事百般を盤上の形勢に置きかえ、将棋をとおして人生の定跡をさぐる。
204168-4

ま-33-3
名人に香車を引いた男　升田幸三自伝　升田幸三
強烈な個性と鬼神の如き棋力をもって不世出の将棋名人となった升田幸三が、少年時代から名人位獲得までの波瀾の半生を奔放に語った自伝。主要棋譜を収録。
204247-6

ゆ-6-1
盤上の向日葵（上）　柚月裕子
山中で発見された身元不明の白骨死体。遺留品は、名匠の将棋駒。二人の刑事が駒の来歴を追う頃、将棋界では世紀のタイトル戦が始まろうとしていた。
206940-4

ゆ-6-2
盤上の向日葵（下）　柚月裕子
世紀の一戦に挑む異色の棋士・上条桂介。実業界から転身し、奨励会を経ずに将棋界の頂点に迫る桂介の、壮絶すぎる半生が明らかになる！〈解説〉羽生善治
206941-1

い-117-1
SOSの猿　伊坂幸太郎
株誤発注事件の真相を探る男と、悪魔祓いでひきこもりを治そうとする男。二人の男の間を孫悟空が飛び回り、壮大な「救済」の物語が生まれる！〈解説〉栗原裕一郎
205717-3

書籍番号	タイトル	サブタイトル	著者	内容紹介	ISBN
く-23-2	ゆら心霊相談所	消えた恩師とさまよう影	九条 菜月	元弁護士の訳ありシングルファーザーと、「視えちゃう」男子高校生のコンビが、失せ物捜しから誘拐事件までなんでも解決。ほんわかホラーミステリー。	206280-1
く-23-3	ゆら心霊相談所2	キャンプ合宿と血染めの手形	九条 菜月	キャンプ合宿へやってきた尊。朝起きると、足に真っ赤な手形が!「聴こえちゃう」オヤジと「視えちゃう」男子高校生のほんわかホラーミステリー第2弾。	206339-6
く-23-4	ゆら心霊相談所3	火の玉寺のファントム	九条 菜月	オヤジ所長、呪われる!?首の包帯、亡くなった妻、弁護士を辞めた理由。変人シングルファーザー・由良蒼一郎の過去が明らかに! ほんわかホラーミステリー第3弾。	206407-2
も-25-9	ヴォイド・シェイパ	The Void Shaper	森 博嗣	世間を知らず、過去を持たぬ若き侍。強くなりたい、ただそれだけのために。彼は問いかけ、思索し、剣を抜く。ヴォイド・シェイパシリーズ第一作。〈解説〉東えりか	205777-7
も-25-10	ブラッド・スクーパ	The Blood Scooper	森 博嗣	立ち寄った村で、庄屋の「秘宝」を護衛することになったゼン。人を斬りたくない侍がそれでも刀を使う理由とは。ヴォイド・シェイパシリーズ第二作。〈解説〉重松 清	205932-0
も-25-11	スカル・ブレーカ	The Skull Breaker	森 博嗣	侍の真剣勝負に遭遇、誤解から城に連行されたゼンを待つ、思いがけぬ運命。若き侍は師、そして己の過去に迫る。ヴォイド・シェイパシリーズ第三作。〈解説〉末國善己	206094-4
も-25-12	フォグ・ハイダ	The Fog Hider	森 博嗣	ゼンを襲った山賊。用心棒たる凄腕の剣士は、ある事情を抱えていた。「守るべきもの」は足枷か、それとも……。ヴォイド・シェイパシリーズ第四作。〈解説〉澤田瞳子	206237-5
も-25-13	マインド・クァンチャ	The Mind Quencher	森 博嗣	突然の敵襲。絶対的な力の差を前に己の最期すら覚悟しながら、その美しさに触れる喜びに胸震わせ、ゼンは剣を抜く。ヴォイド・シェイパシリーズ第五作。〈解説〉杉江松恋	206376-1

王城夕紀の好評既刊

誰か、私を留めて
王城夕紀
Yuki Ojo
マレ・サカチのたったひとつの贈物
世にも不思議な病「量子病」に冒され、世界中を跳躍し続ける坂知稀。神のサイコロ遊びなのか、一瞬後の居場所すら予測できず、行き先も滞在期間もバラバラ。人生を〝積み重ね〟られない彼女が、世界に爪痕を残すためにとった行動とは——幸せの意味を問う、感動のＳＦ長篇！
中公文庫